毎日新聞出版

ズレてる、私!?　平成最終通信　目次

2017年10・11月

2017年12月

2018年1月

各章末のコラムは書き下ろし。イラストも著者。
各コラム最後の（　）は『サンデー毎日』掲載号数です。
単行本収録に際し、改題・修正を行いました。
本文中の写真のクレジット表記のないものは毎日新聞社。
書影は毎日新聞出版の撮影。

ズレてる、私!?　平成最終通信

2017年10・11月

エンピツを削り揃へて秋の夜

◉もはや志ん生？◉美術の秋⁉◉哀愁コンビ

　十月二十二日、衆院選投票日。あいにくの雨なのに、投票所は意外にもいつもより人が多かった。時間帯のせいだったかもしれない。

　支持政党は特に無いので（ただし絶対に投票したくない党というのはある）、ギリギリまで迷う。帰宅後、ＴＶをつけたら、ドキュメンタリー番組が流れていた（フジテレビ『**ザ・ノンフィクション 人殺しの息子と呼ばれて…後編**』）。途中から観たわけだが、ハッと気がついた。北九州連続監禁殺人事件（'02年）の話だと。

　いやー、この事件ほど（組織ではなく個人でおかした事件としては）陰惨にして生ぐさく、縁者多数に被害をもたらした事件というのも珍しいだろう。

　主犯の男Ａは死刑、共犯の女Ｂは無期懲役という判決が出ている。

　当時、私は新聞やＴＶでこの事件を知って注目していたはずなのに、『サンデー毎日』のコラムには全然書いていない。それもそのはず、当時、この事件は縁者や社会的影響への配慮から報道規制がかかっていて情報量が少なかったのだ。

　事件発覚後十五年経った今、ＡとＢとの間に生まれた息子は成人し、フジテレビのインタビューに応じていた。常識的でシッカリとした青年、という印象。Ｂ（母親）の獄中からの手紙も披露。これがまた、整然としたキレイな字。文章にも乱れが無い。真面目な優等生風。いかに主犯Ａのマインド・コントロールが、巧妙にして、すさまじいものだったかがしのばれる。

Aはなかなかの二枚目で（だから私はこの事件をおぼえていたのかも）、雄弁で、人あたりがよく、メディアの報道によれば性的にもタフでサディスト的傾向があったらしい。

悪は悪でもハデなんですよね。ドラマティックなんですよね。ついつい「悪の華」という言葉が浮かんでしまう（それ故、映画にもマンガにもなっている、らしい）。

観終わって、何だか重苦しい気分になってしまった。それを薄めたくて、**『路線バスで寄り道の旅』**（テレビ朝日）を観る。

いやー、毎度毎度呆(あき)れて笑うのだけれど、徳光和夫さん、その回もバスの中で居眠り。歩いている時と競輪場にいる時以外は完全に脱力。眠っている。それでも許されるんだから、もはや古今亭志ん生の域（志ん生は高座で居眠り状態になったが、客は「眠らせておあげよ」とばかり喜んだ――という伝説？あり）。いいよねー、こういう人がいるってこと。世間に、こういう人を愉(たの)しく思うゆるさがあるっていうこと。ホッとする。

話、大幅に戻ります。夜は選挙速報番組ウォッチング。どこの局だったか忘れたけれど、ニュース番組の左脇に当選の速報が小さく出ていて、名前や政党の脇に短く人物紹介的コメントが添えられていた。「ダイエットで10キログラム減」とか「朝は手作りスムージー」とかある中で、某オヤジ議員のプロフィルとして「産声あげずに誕生」とあったのが、何だか意表を突いていて、おかしかった。

＊

『サンデー毎日』の「テレビもあるでよ」でもおなじみの坪内祐三さんから「東郷青児展、案外よかったんですよ、洋菓子店の包装紙イメージばっかりじゃない部分が見られたから」という電話あり。

「あら、そうお!?」と雨の中、新宿の損保ジャパン日本興亜本社のビルで開催中の『**生誕120年東郷青児展**』へ。

うーん、確かに。おなじみの美人画もナマで見れば、一九二〇年代から三〇年代にかけてのアール・デコを、他の画家たちに先駆けて、日本的に巧くこなした作品であることがわかる。わずかな陰影による立体感のつけ方の程のよさ。そうか、江戸の美人画の伝統をこういう形で伝承したわけだったのか、と。

美人画以外の作品も興味深く見ていたその中で、二科会の同志のごとき存在として阿部金剛の絵が数点あったのにも目を見張った。

阿部金剛は、フリーのライターである私にとって唯一の師匠のごとき存在となった三宅菊子さんのお父さんなのだった（そのまたお父さんは東京府の知事をつとめた阿部浩）。お母さんは作家・評論家の三宅艶子さん。こちらも名家で、一九三〇年に阿部金剛と三宅艶子が結婚した時は「モボ・モガの結婚」とマスコミで騒がれたらしい。

三宅菊子さんは『ａｎ・ａｎ』の創刊以来の主力ライターだった。知り合った頃、菊子さんは静岡の伊東に家を持とうとしていて、しょっちゅう飯田橋の母・艶子さんのマンションの一室に寝泊まりしていた。それで私も艶子さんのマンションをたびたび訪れていたのだった。艶子さんは、いかにもお嬢様がそのまんま歳を重ねたというふうに優しい人だった。夫の金剛さんはすでに亡くなっていた。

艶子さんも菊子さんも、今や、この世を去ってしまった。数年前のある日、父の遺品を整理していたら、アール・デコっぽい雰囲気の、ヌードの女の人の線描画（モノクロに少しの赤がさしてある）があった。サインを見たら一九三二年の阿部金剛の絵なのだった。ビックリ。艶子さん菊子さんが生きていたら、この奇縁、報告できたのに！と残念に思った。

はい、話がだいぶ逸れました。ごめんなさい。

何だかハズミがついてしまって、翌日はパナソニック汐留ミュージアムの『**表現への情熱　カンディンスキー、ルオーと色の冒険者たち**』展へ。やっぱり一九二〇年代の、ういういしいモダンアートが愉しい。大好きなパウル・クレーの絵も数点見られて満足。線と色の歓び。「癒やされるぅ～！」ってやつだ。

*

しゃべくり漫才というのは、発展させたのが関西だっただけに東京・関東勢は（ビートたけしという大物を育てあげたものの）、やっぱり関西勢に押されぎみ。

私自身、関西の漫才界で好きなコンビはいるものの、関西弁という障壁があるのは確かで、うーん、やっぱり関東勢にも頑張ってほしいなあと思っている。

そんな中で健闘しているのがナイツ、U字工事、三四郎、（東北だけど）サンドウィッチマン。

何だかホッとするんですよね。U字工事の強烈な栃木ナマリも愉しく、愛らしく感じられるんですよね。

そんな中で、ちょっと前から応援気分になっているのがペンギンズ。二人とも埼玉県出身らしい。コワモテ風のヤセ形の男と、それを「アニキ」と言って、まっすぐに慕う色白で気弱そうな男・ノブオ――というコンビ。「アニキ漫才」とか「舎弟漫才」とか言われているらしい。

何と言うか、「いじらしい」というか、「哀愁漂う」というか。街の片隅、ほんとうに片隅に生きる男二人の心の機微に引きつけられてしまう。

「売れてほしいな、何か打つ手はないものか」と、ついつい、マネジャー気分に。何しろコント仕立て風なので、普通のフリートーク風の漫才と違い役柄設定がハッキリしているだけに、売れたら売れたで、新ネタを出してゆくのは大変だろう……なあんて余計な心配もしてしまうのだった。

（2017年11月12日号）

◉HALの反乱◉夜の獣たち

十月二十八日の夜。テレビ東京の『ミライダネ――あなたの代わりに働くロボットが遂に実現？』という一種のドキュメンタリー番組を興味深く観た。

三十分番組だったけれど、AI（人工知能）の発達・普及によって世の中はどう変わってゆくのか……という大疑問を、私のような理科系センスがゼロの人間にもわかるように、簡潔に具体的に解説してくれていた。

AIの進展・普及ぶりはすさまじくて、さまざまな職種に活用されるようになっている。人間より正確でありスピーディでもありコストも低く抑えられるので、次々と人間に取って代わり、人間はＡＩに職を奪われるという形に——。

　そういう因果関係は、私なんぞでも十分予測できることなのだったが、識者によると「二〇四五年までに、人間は一割しか働かない社会になるだろう」というのだ。

　エエーッ!?と驚く。二〇四五年といったら、そんなに未来の話じゃあない。いきなり一割になるわけではなく、この先、段階的に一割へと向かってゆくのだろうが。大半の職種において雇用が減ってゆく。「人手（ひとで）」が無用のものになってゆく。専門的熟練などというものの価値も無効になってゆく……。

　何かイヤじゃないですか？　怖くないですか？　人間が人格形成する中で、「労働」とか「職」という、かなりたいせつなものを手放してしまうかのようで。ぐうたらで、楽して生きたいと思っている私でも、そう思うのよ。

　人間にさせるには酷で、効率も悪く、機械にさせたほうがいい——という仕事はたくさんある。それで機械化を推し進め、その精度や性能を発展させて来たわけだけれど、それらの多くは腕や手や脚の代用というものだった。

　そこにコンピュータという形で、ついに脳の代用が登場した。人工知能。ＡＩ。

　コンピュータの登場で、どんなに人間生活が効率化、簡略化、多様化したことか。はかり知れない。

　今や、そのＡＩが生活の隅々にまで行きわたり、人間の仕事を奪うようにまでなりつつある——というわけだ。コンピュータ関連の新職種をさまざま生み出したいっぽう、多くの職を駆逐してゆくことになる――という皮肉な、なりゆき。

まあ、昔から新技術の登場が旧技術を駆逐してゆき、それに従って旧来の職業は新技術の職業に取って代わられて来たわけだが……AIは人工知能であること、個々の人間より、よっぽど優秀な頭脳であること――という事実が問題。手脚でなく頭なんだものね。何と言うか、人間にとって司令部とか本丸みたいなものでしょ。人間が生み出したものに人間が支配されてしまうのではないか、と危惧してしまうわけです。

ついつい、映画『2001年宇宙の旅』（'68年、スタンリー・キューブリック監督）を連想せずにはいられない。超有名なSF作家アーサー・C・クラークが脚本作りに関与したもの。

冒頭からグイッと引きつけられた。人類の一人（外見、ほとんどサルに近い）が謎の物体（モノリス）に操られたかのごとく動物の骨を拾いあげ、武器として使うという知恵に目ざめる。「なるほど、人間は道具を使うということを知った瞬間から他の獣たちと違った道を歩み始めたのだなあ」と気づかされる。

と、場面は一転、近未来の宇宙船の中になる。人間社会は、すでに月に人が住みついているというほどに進化した世界。

宇宙船ディスカバリー号は木星探査におもむいていたのだが、そのさなか、人工知能のHAL（ハル）（IBMをそれぞれ一字ずらしたネーミングですね）が反乱を起こすところが一番の見どころ。コンピュータが人格を持ってしまうのよ。そのあげくに人間と対立してしまうのよ。私は何が何だかわからないまま恐怖した。

何しろ、この映画を観たのは半世紀ほど昔のことだったから、コンピュータの威力自体、あんまり身近に知る機会も無かったのだけれど……今にしてつくづく思う。アーサー・C・クラークってやっぱり凄いんだなあ、すでにして今（当時からしたら近未来）を希望と危惧の両方を持って予見していたんだなあ、と。

うーん、俄然、『2001年宇宙の旅』を観直したくなった。「時間」というものの捉えかたも哲学的で面白かったんだよね。

＊

十一月三日に公開された『ノクターナル・アニマルズ』が面白い。特に女の人におすすめしたい。タイトルのノクターナルというのは（私にとっては）聞き慣れない言葉だったけれど、「夜の」とか「夜行性の」という意味らしい。そうか、ノクターン（＝夜想曲）という言葉もあるものね、と気づく。「夜の獣たち」とか「夜行性動物たち」って意味のタイトルなのね。確かに妖しい気配漂う映画なのだった。

『ノクターナル・アニマルズ／夜の獣たち』Blu-ray&DVD 発売元：NBCユニバーサル・エンターテイメント ©2016 Fade To Black Productions, Inc. All Rights Reserved.

登場人物は少ないのだけれど、物語の構成はちょっと入り組んでいる。ヒロインの過去と現在、そしてある小説の中で展開する物語——この三つの世界が、あるつながりを持ちつつ交互に展開されてゆく。

なあんて説明すると小難しい映画のようだけれ

ど、そんなことはない。今や中年にさしかかった美貌のキャリアウーマンの、ほろ苦いラブストーリーと言っても構わないだろう。

テキサスの豊かだが保守的な家庭で育ったスーザン（エイミー・アダムス）は、大学時代、同郷で、財力のない、作家志望のエドワード（ジェイク・ギレンホール）と知り合い、親の反対を押し切って結婚する。

いざ結婚してみると、スーザンはエドワードの才能を信じられなくなり、つましい暮らしにも耐えられなくなる。美術界への野心もあり、エドワードを捨てる形で離婚。サッサと外見もよく財力もある若い医師と再婚し、自身はアートギャラリーのオーナーとして豊かでスマートな生活を送っている。

そんな中で、ある日、元夫のエドワードから『夜の獣たち』と題された小説原稿が送られて来た。読んでビックリ。面白いのだ。スーザンは久しぶりにエドワードと再会しようとするのだが……という話。ラストシーンもみごと。

エドワードが書いた小説内の物語もキッチリと描かれているので、まるで二本の映画を観ているかのよう。

観終わったあと、何とも言えない気分に襲われた。公私ともに成功したキャリアウーマンが切り捨てて来たもの。それらが一気に、何か「復讐」のような形でヒロインの前に立ち現れて来たかのよう。

きっと誰の胸にも若き日の自分に関して悔いや自責の念といったものはあるんじゃないかな。いたずらに人を傷つけてしまったとか、自分の弱さや狡さをごまかして来てしまったとか。いくつになっても、何だか、「ほんとうの自分」なんてものには出会えないような気もする……。

監督はファッション界で超有名なトム・フォード。長編二作目でこの完成度は凄い。

――と、ここまで書いたところで、ラジオから奇怪なニュース速報が。「アパートから九人の頭部発見」と。TVではすでに住人（27歳・男）の顔写真も出ていた。どうやらネットの自殺サイトが悪用された事件のようだ。


（2017年11月19日号）

◉自殺サイト◉やっぱりロマン

先週号の締め切り日。原稿を書き終わってTVをつけたら、いきなり**座間で九人の遺体**が発見されたというニュースが飛び込んで来て、戦慄（せんりつ）。

すぐさま「猟奇」とか「屍体愛好（ネクロフィリア）」などの言葉が浮かんで、胃のあたりが重くなったのだが……。その後の報道をチェックしていると、どうもそんなふうな変態的趣味性（？）はあんまり感じられないのだった。もちろん嘘をついている可能性はあるわけだが。

逮捕されてすぐにアッサリと犯行を認め、動機は「金のため」と言っている。切断した遺体はクーラーボックスに入れたという。それでも頭部などは処理に困ったのか保存されたまま。

容疑者の供述通り、二カ月ちょっとの間に九人が殺されたというなら、ほぼ週一ペース。すぐに馴（な）れてしまったのだろうか。淡々と「仕事をこなしている」といった感じのハイペース。

どんな動機であれ、人を殺したら、遺体の処理に困るはずだが（実際、すでにして室内はクーラーボックスで満杯状態）、この容疑者は、どうやら先のことまで考えていなかったかのようだ。隠蔽（いんぺい）工作も雑なんだよね。考えなし。いや、むしろ逮捕されるのを待っていたかのようにすら思える。

最初に「金のため」にやったと警察に言っていたというのを知った時は、「まさか」と思った。若い人がみな大金を持ち歩いているなんて考えられないからだ。殺人は効率悪すぎでしょう。やっぱり歪（ゆが）んだ性意識からでしょう、と思ったのだけれど、どうもその後の報道をチェックしていると、基本はホントに「金のため」だったように思えてきた。

このミもフタも無い感じ、そして感情というものの鈍麻ぶりに、まず、呆れた。

そうそう。テレビに映し出された容疑者の顔写真にも「あれっ!?」と思った。これと言ってクセのない、どちらかと言えば端正と言ってもいい顔だったので。それだけでも、男として運のいいほうだというのに。

ところで。私は二年くらい前からだったかな、不承不承（ふしょうぶしょう）という感じでスマホを使うようになったのだけれど、連絡や検索に使うだけで、他のことは何もやっていない。自己顕示欲は原稿書きで使い果たしているからだ。友だち二、三人のツイートだけは見てコメントを送ったりはしているものの、基本、無関心。

それでもネットの中に「自殺サイト」というのがあるということくらいは知っていた。

今回の容疑者は、自殺サイトを利用して被害者たちと接触したという。

容疑者自身も自殺する気は無く、殺された人たちも（容疑者の供述によれば）実のところ、死ぬ気は無かったようだ。

私としては、日常生活の中で生き死にをやたらと口にするのは、あんまり上等の趣味じゃあないのでは？——という思いがある。論理的にスッと説明はできないし、したくもないのだが。

生きるということにどんな意味があるというのだろう——というようなことは、一人一人が一生をかけて考えてゆくことで、すぐには答えは出ないものだし、いや、最後までわからないまま、かもしれないのだ。

死をもてあそぶことなかれ——。簡単にネットに救いを求めるよりも、先人たちが苦しみもがいたあげくに書いた文学・哲学作品に触れたほうがいいのでは？　自分の仕事、家族、友人、生きものや自然と丁寧に接する中で救われることもあるのでは？——と平凡なコメントしかできない。

＊

十一月四日の夜。**『NHKスペシャル　大ピラミッド発見！謎の巨大空間』**をとっても興味深く観た。

エジプトのカイロ近郊にあるクフ王の大ピラミッド（紀元前二五〇〇年頃に建てられたとみられている）の中心部に巨大な空間があるということが判明。

それは名古屋大や国際的研究機関の高エネルギー加速器研究機構（KEK）などの研究によるもので、私なんぞにはよくわからないが、放射線を利用して内部を透視する技術によるものだったという。

『NHKスペシャル』では、その透視の様子を克明にとらえ、解説していた。ピラミッド内に石積みの無い空間があると、画面にそこだけボーッと白く映し出されるのよ。それで回廊とか王の間（ま）とか女王の間とか地下の間という存在が確認できるのよ。

今回はピラミッドの中央部、王の間の近くに巨大な空間があることが新たに判明した――というドキュメンタリー。

長さ三十メートルという巨大空間。王の間に一番近い所というのも意味深長。金銀財宝が保存されているのでは？と思わせるよね（専門家は「石材の圧力を減らすために空間をとったのでは？」と考えているらしいが）。

『NHKスペシャル』ではCGを駆使して、ピラミッド内部の様子を解説。わかりやすく、おおいに興味をかきたてられた。

ピラミッドというか、エジプト自体に、私はあんまり興味を持てないできた。何だかホコリっぽい、いや、砂っぽいイメージで。ひたすら乾いた、緑の乏しい、うるおいに欠ける所のように思っていたから。ラクダに乗ってみたいという気持だけはあったものの。

今回の『NHKスペシャル』――私は数日前に放映された（タイトルはメモをし忘れた）ピラミッドの謎をめぐる国際的な調査研究の歴史を追ったドキュメンタリーをたまたま観て、大いに「ロマン」というものを感じていたところなのだった。

大昔、子どもの頃に、世界の「四大文明」の中の一つとしてエジプト文明というのがあって、ピラミッドやスフィンクスはその遺跡と教わったり、上野でツタンカーメン展というのがあったりして、観に行ったはずだが記憶はまったくおぼろ。全然、興味が無かったのだろう。

エジプト文明というのは紀元前三〇〇〇年頃に始まり紀元前三十年に共和制ローマに滅ぼされるまでの、いわゆる「古代エジプト」の文明だ。紀元前にピラミッドなんていう建築技術があったという事実に、今頃になって驚嘆してしまう。その数学的な、物理学的な、そして美学的な頭脳と技術――。想像するとクラクラする。

実を言うと、私は世界史にとても無知。十九世紀末から二十世紀に入ってからのヨーロッパに関しては、たびたび映画の題材になっているので、興味も湧き、何となく見当もつくのだけれど、それより前となるとダメ。

高校時代の世界史の先生は人柄のいい人だったけれど、授業にメリハリが無く、ほぼ、クラス全員といった感じで集団催眠状態になったものだ……。今頃になって、そのことを後悔している。

塩野七生さんの著作などを読むと、「そうか、歴史って人間の物語だったんだなあ」と、当たり前の事実を、何だか新鮮な気持で知らされる。そして歴史を動かした人物たちの怪人ぶりというか快人ぶりにワクワクさせられていたりする。

というわけで、世界史（日本史も）を読むというのを老後の楽しみにしたいなあ……なんて思うようになったのだけれど、アラ、すでにして老後なのかしら。

（２０１７年11月26日号）

◉ハリウッド・バビロン◉ユダヤ・ジョーク◉神保町にて

もっか、ハリウッドは騒然となっている様子。

ハリウッドの大物プロデューサーであるハーベイ・ワインスタイン氏（65歳）から複数の女優がレイプやセクシュアルハラスメントを受けたということで、警察も捜査を始めた。

それにともなって他の有名俳優のセクハラ問題も噴出。ベン・アフレック（45歳）がテレビ番組で女の人の胸を触っていたとか、ダスティン・ホフマン（80歳）が約三十年前に十七歳だった女の子の体を触ったなどと訴えられ、それぞれ謝罪するという騒ぎに。

「ああ、やっぱりね」と思ったのは演技派のケビン・スペイシー（58歳）に対してホモ・セクシュアル的な被害の訴えが次々と出て来たこと。独得の妖気のようなものを持った、いい俳優なのだが、いわゆる「少年愛」だったのは、まずかった。

新聞報道によると、ケビン・スペイシーは、主演をつとめるTVドラマシリーズの関係者八人からもセクハラを訴えられていたという。制作側は最新作の撮影を中断し、スペイシーを解雇すると発表した。

同性愛はともかく、抵抗するすべのない子どもに対して強要するというのは許し難い。演技力もあるいい俳優だけれど、しばらく立ち直れないだろう。残念だけれど、仕方ない。時間をかけて出直してほしい。

ケビン・スペイシー。いい俳優なのに……。

ハーベイ・ワインスタイン氏に対してばかりではなく、彼のセクハラ癖を知りながら放置して来た周囲にも批判が広がっている。

『パルプ・フィクション』や『イングロリアス・バスターズ』でワインスタイン氏と組んだクエンティン・タランティーノ監督は、セクハラ被害者からじかに話を聞かされていながら、何もできなかったことを後悔。「何かすべきだった。

ハーベイ・ワインスタイン。
大物プロデューサー。

いまさら何を言ってもくだらない言い訳にしかならない」とコメントしている。

そんな一連の騒ぎに対して、ちょっと不謹慎ながら頭に浮かんでしまうのは「ハリウッド・バビロンは健在だあ」という思い。

一九七〇年代末に『ハリウッド・バビロン』（ケネス・アンガー著。監修・海野弘、訳・堤雅久、クイックフォックス社）という一種の奇書が翻訳出版された。一九一〇年代から五〇年代まで、ハリウッド映画界を妖しく彩ったスキャンダルの数かずを多数の写真（事件現場の生々しい写真まで）を添えて、つづったもの。

表紙に添えたフレーズからして、わくわく。「悪徳の都ハリウッドは星の数より多いスターとスキャンダルを生みだした。そこは夢の工場ではない　生きた人間の欲望渦巻くバビロンだった」――と、こう来ちゃうんだから。

バビロンというのは、もちろん紀元前のメソポタミアの古代都市。爛熟の王朝の「魔都」のイメージね。

映画創成期の一九一六年、D・W・グリフィス監督による『イントレランス』にバビロンの都が描かれていて、そのセットは、まったく豪華で壮大なものだった。私は、確か八〇年代に回顧上映で観た。

『ハリウッド・バビロン』では、やっぱり、映画界や新聞・雑誌界（ゴシップ・ジャーナリズム）

が新しい大衆文化として根づいた二〇〜三〇年代の部分が一番の読みどころ。セックス・スキャンダル、ダダ洩れ。笑ったり呆れたり。

そういう意味では、今回のワインスタイン氏、「ハリウッド＝魔都」という古典的イメージにみごとに応えてくれている——とも言えるのだ。スケールはグッと小さいけれどね。

P.S.この事件によって、公開まぢかになっていた『ゲティ家の身代金』は急遽、彼の出演場面はクリストファー・プラマーが代役となって撮り直し——という事態に。二〇一八年五月にその撮り直し版を観たが、「ああ、やっぱりこの冷血で尊大な役柄はケビン・スペイシーで観たかったなあ！」という気持でいっぱいに。再起を願う！

＊

そうそう。ワインスタイン氏は名前からしてユダヤ系というのがわかる。ハリウッド映画界では王道と言える。そもそも一九一〇年代、新奇な娯楽として映画が生まれた時、それに注目して商売にした人びとの多くは、ドイツ系ユダヤ人より遅れて渡米した東欧系ユダヤ人だったのだ。

当時は演劇のほうが高級と思われていた。その中で、東欧系ユダヤ人は入場料が安く庶民に人気のある映画に注目。東海岸ではドイツ系ユダヤ人から白眼視されながら、雨が少なくロケしやすい西海岸へと渡り、ハリウッドに新天地を見出したのだった……そういう歴史からすると、ワインスタイン氏はハリウッドの正統なのだ。何代目かは知らないが。

製作サイドばかりではなく、監督やスターたちまで、ハリウッド映画界にはユダヤ人が多いようだ。とりわけコメディ畑。私の好きなマルクス兄弟（ドイツ系）をはじめ、ダニー・ケイ（東欧系）、ウディ・アレン（ロシア・オーストリア系）など、ゾロゾロと。わが敬愛のビリー・ワイルダー監督（東欧系）もそうだしね。

「ユダヤ・ジョーク」という言葉もあるくらいだ。成育環境の中で独得の笑いのセンスが育まれて来たのかもしれない。

かの有名な物理学者アインシュタインもユダヤ系で、自分はユダヤ・ジョークの中で鍛えられて来た、と語ったそうだ。日本人にとっての落語みたいなもの？

――と、こう書いているうちに俄然、ユダヤ・ジョークについて具体的に知りたくなってしまった。ハリウッドのセクハラぶりを皮肉るつもりで書き始めたのに……。

＊

十一月八日。一九七〇年代末からの、古い男友だちの画家・アキちゃんが神保町で個展を開くというので、お祝いの気持をこめてキモノ姿にて駆けつけた。

会場にはアキちゃんの仲間で、私が知り合った頃、「およげ！たいやきくん」の作詞を手がけた高田ひろお氏と、そのイラストレーションを描いた田島司氏も来ていた。二人は「たいやきくん」が爆発的なヒットになって舞いあがり、（確か私の記憶では）ラスベガスに行って盛大にお金を使い散らしていた。

私は、何かと気が合っていた編集者の松川邦夫氏（『ルンルンを買っておうちに帰ろう』を企画、林真理子嬢を盛大にデビューさせた人。今や故人……）に紹介されて、アキちゃん、高田氏、田島氏と知り合ったのだった。

なんだか三人とも、マンガみたいなファニー・フェイスで、冗談ばっかり言っていた。以来、彼らがタムロしていた新宿のビルの仕事部屋の地下にあった雀荘で、マージャンにウツツを抜かす日々が始まった……。恥ずかしながら朝までマージャンしていて、まぶしい朝日のもと、「これではいけない。マジメに生きよう……」と首うなだれて帰宅したことも何度か。

月島に引っ越してからは、さすがに会う回数も少なくなったのだが、それでも何年かに一度は、というペースで会っている。みな根本がノンキで、ホッとする。

アキちゃんは数年前から郷里の茨城（NHK朝の連ドラ「ひよっこ」の舞台になった所らしい）に戻ってタヌキやキツネも登場する田舎風景を描いている。私の部屋にはあんまり合わないので「お買い上げ」はしなかったが。絵をあしらったグッズ（フクロウの絵が描かれた布袋など）を買った。

個展を見たあと、みんなで近くの喫茶店「さぼうる」へ。古くからの店で今でも残っているのがうれしい。見た目はジイサンでも人柄は、みな、昔のまま。愉しい一夜だった。

（2017年12月3日号）

◉ジャニーズ半世紀◉大家さんと僕

このところ忙しくて美容院に行けなかった。髪がのびすぎて落ちつかない。『サンデー毎日』の、ある対談の翌日、ようやく近くの美容院へ。

カットしてくれた女の子とは初対面。明るくサッパリした感じの二十七歳。地元の子だということも知って、（私としては珍しく）ベラベラと話しかけてしまった。

「二十七歳っていうと、ジャニーズ系で言ったら、どのグループが同世代っていうことになるの？」と聞いたのがキッカケになったのかな？　ひとしきりジャニーズ系グループの話を楽しんだ。

「お客さん、詳しいですね」なあんておだてられたりして。

全然詳しくはないんですよ。ただ、私、ジャニーズ事務所で最初にデビューしたグループ「ジャニーズ」から知っていて（もちろんＴＶで、だけれど）、同世代だったから、その後のジャニーズ系にも無関心ではいられず、今こうして半世紀超（！）となったジャニーズ事務所の歴史には感慨深いものがあり、一種のリスペクトの念を抱いているのだ。

最初のジャニーズ（真家ひろみ、飯野おさみ、中谷良、あおい輝彦）は戦後のベビーブーマー。日系二世のジャニー喜多川が代々木のワシントンハイツで近所の少年たちに野球を教えている中で、映画『ウエスト・サイド物語』（懐かしいね！）を少年たちといっしょに観て衝撃を受け、歌もダンスもできるグループを……と思い立ったという。

そのジャニーズは一九六二年に結成。六五年の『紅白歌合戦』に初出場。ファッションはわりあい無難に少年美を打ち出したものだったように思う。

アイドルならではの奇抜さや華やかさをファッション面でも強調するようになったのは、次のフォーリーブス（六七年結成）からでは？　パンタロンがはやり始めた頃で、「男の子がこれを着るか!?」というデコラティブなパンタロン姿に目を見張った記憶あり。今や四人のうち二人は亡くなっていて、健在なのは、江木俊夫と、おりも政夫のみ。悲しい。

私は駆け出しのライターだった頃、大山のぶ代さんの連載対談ページを担当していて、一度だけおりも政夫に会ったことがあるが、大山さんお気に入りの青年らしく、スマートでジェントルな雰囲気だった。

ジャニーズ系アイドルは途切れることなく続いているわけだが、その中でSMAP（'88〜'16年）の果たした役割は大きい。アイドルという存在に「笑い」のセンスをシッカリと加味した。バラエティ番組もこなせるアイドルという路線を切り開いた。

ローラースケートで滑りまくる光GENJIで頂点に達したかのような「夢の王子様」然とした非日常的存在から、日常的存在へとシフト。ファッションもカジュアルに。

これが時代の空気と巧くマッチした。

アイドルは「夢の王子様」というよりも、より身近に「かっこよく、言うことも気が利いていて、男子の間でも人気のあるヤツ」というイメージが求められるようになったのだ。非日常から日常へ。

SMAPはそんなニーズにみごとに応えた。彼らの「笑い」の感覚は、笑芸人たち（こちらは逆にファッション性も要求されるようになった）を、おうおうにして超えるところがあった。

SMAPの次に結成したTOKIOも『ザ！鉄腕！DASH!!』で、ユーモアと共にそれぞれ、芸能人ではなく一般男子としての潜在能力（力仕事や畑仕事やサバイバル能力など）を大いに発揮。ジャニーズ系というイメージに質実さを加味した。

今やKAT-TUN、関ジャニ∞（エイト）、NEWS、Kis-My-Ft2、NYC、Hey!Say!JUMP……など百花繚乱（りょうらん）。私なんかもうチェックしきれない。ジャニーズ王国、どこまで

突き進んで行くのか⁉

TVドラマや映画ばかりではなく、中居正広のようにスポーツ番組やバラエティ番組のキャスターやコメンテーターをこなす人もいる。

村上信五（関ジャニ∞）はマツコ・デラックスを相手に器用にトーク番組をこなしている。二枚目意識は、もはやほとんど感じられず（↑ホメている）、たまに音楽番組で、真面目顔（確かに美男のほう）でキーボードなぞ弾いている姿を見ると、妙に新鮮。

V6の井ノ原快彦（よしひこ）は、私が内心ヒイキにしていた瀬戸朝香（山田太一ドラマにも出ていたよね）と結婚。どうなるのかなと思っていたら、瀬戸はサッサと二児を出産。その間に井ノ原君はNHK『あさイチ』のキャスターに。

いかにも人柄のよさそうな親しみやすい顔と臨機応変のソツの無さ。東京っ子らしい軽快さ。うん、私もファンの一人。瀬戸朝香は見る目があった⁉

＊

声を大にして言いたい。エッセー漫画『大家さんと僕』（矢部太郎著、新潮社）、必見、必読です。定価千円で、こんなに豊かな愉しい気持にさせてもらっていいんだろうか⁉という気にさせられる。著者（マンガと文）の矢部太郎は漫才の「カラテカ」の（TV画面では）右側、坊主頭で、やせていて、やたらオドオドしているほう。

私はそのオドオドぶりが、何だか他人事（ひとごと）ならず気になって、スマホで検索したことがあり、それによると、東京の東村山出身で、父親は絵本作家・やべみつのり、とあった。うん、やっぱり神経繊細ゆえのオドオドなのね、と勝手に解釈。応援気分になっていた。

だから、『小説新潮』で「大家さんと僕」という連載マンガを発見した時は嬉しかった。いや、思っていた以上に、絵柄に味わい深い巧さがあって、驚いた。描線がキレイなんですよね。画面の省略の仕方もスマートなんですよね。

描かれる世界も、ほのぼの。しみじみ。そして、おかしい。

タイトル通り、古い一軒家の一階に暮らす大家さん（八十代のおばあさん）と、その二階に間借りすることになった「僕」との、どこか浮世ばなれした日常生活のいろいろ。

大家さんの頭の中は幸せだった戦前昭和でストップしている。東京・山の手お嬢さんのまま。ほぼ「現実」無視。そこに間借り人として、やっぱり今の「現実」にフィットしきれない「僕」が同居することになったのだ。まるで「あい寄る魂」といった感じで。

大家さんの姿かたちがいいんですよねー。ほぼ二頭身。かわいい！　いじらしい！　ほんと、絵、巧いですよー。大家さんお気に入りの伊勢丹を訪ねるくだり、最高。

ガサツなお笑い芸人仲間の描写も巧い。決して批判的にではなく、まぶしい存在として描かれている。要するに、大家さんと僕は一種の疑似家族のようになるわけで、そうか、血縁や地縁の絆というものが薄れたり、信じられなくなったりしている今、こういう魂と魂で結ばれた疑似家族的な絆というのは、残された最後の、そして唯一のトリデみたいなものだなあ……とも思った。

そういう意味で、今の時代ならではのリアリティも十分あり。

とにかく、読みながら何度も笑い、そして涙していた。お天気雨のような、明るく、さわやかな涙だった。もっともっと読みたい。大家さん、お体たいせつに。お元気でね……。

（2017年12月10日号）

P.S.二〇一八年八月二十三日、矢部太郎は「大家さんが亡くなりました」とツイッターで報告……。淋しい。

◉明荷の話◉白鳥の里へ◉希望のかなた

九州場所は騒然。

鶴竜（全休）、日馬富士（三日目から休場）、稀勢の里（十日目から休場）と三横綱を次々と欠く中で白鵬が一敗で優勝したのはさすがだったし、三十九歳の安美錦（私、ファンです）が千秋楽で勝ち越し、敢闘賞を得て涙する姿に胸打たれたものの、日馬富士暴行事件をめぐって、貴乃花親方と相撲協会（理事長は八角親方）とのギクシャクした関係も浮かびあがり……結局、日馬富士は引退会見。ショック！

話は戻るが、千秋楽のＮＨＫ中継では、豆知識的に「明荷」を取りあげていたのが面白かった。

明荷は力士の化粧まわし、締め込み、ユカタなどを収納する朱色の行李のようなもの。竹を編んだものに和紙を貼りウルシを塗ってあって、十両になって初めて自分の明荷が持てるのだという。

下っぱ力士は自分の明荷は持てず、十両以上の力士の明荷をかついで運搬するという役回り（「フンドシかつぎ」というのは、そこから来た言葉なのだろう）。

解説の北の富士さんは「あれ、重いんですよ。先輩の明荷をかつがされたけれど、蔵前橋を渡って両国まで、かついで歩いて行くのが辛くて、タクシーに乗りたかった」と笑い、もう一人の解説の舞の海も懐かしそうに同調。

たちまち、明荷をかついで歩くヒョッコ力士たちの姿が目に浮かぶ。私は、両国の国技館には何度か行ってヒイキ力士を「出待ち」したことはあっても、明荷はチェックしていなかったのだ。

夕闇の大川端、明荷をかついで橋を渡る若い力士たち——。江戸風味で、いいじゃない？　こういう「古くささ」は残しておいてほしいものだ。やっぱり、初場所が楽しみに。

＊

十一月二十五日。大学時代からの友人T氏が住んでいる千葉北部のS市へ。

T氏は早朝散歩を日課としていて、その様子を頻繁にフェイスブックで送ってくる。近くの池に白鳥が渡って来たという映像を見ているうちに、まぢかに白鳥を見たくてたまらなくなり、出かけたのだ。私のところからは地下鉄（途中から地上に）で一時間ちょっとだったかな。

T氏の家には十数年前に妹といっしょに行ったことがあった。その頃は、いかにも開発したての町という感じがあった。駅近くに建てられたマンションも真新しく、並木道の樹々もまだ幼く、人工的な感じがあった。

それが今や、いい感じの生活感を帯び、緑も豊かになって、自然に溶け込んでいるのだった。

さっそくT氏運転の車で白鳥の池（いや、湖と言うべきか）へと向かう。午後三時になると近所の主婦二人がエサを与えるというので、そのタイミングに合わせて。

大きな森が広がる中に、その池はあった。二、三百羽くらいの鴨の群れの中に白鳥が六羽。T氏の話では、近くの別の池にも群がっているという。金網のフェンスがあるので、すぐそばまでは行けないのだけれど、それでも岸辺近くなので、こまかいところまで、よく見えた。

べつだん白鳥を見ること自体は珍しくない。近くの皇居のお堀でも見ることはできる。でも自然豊かな、森の中の池にいるところを見るのは格別の喜びだ。

鳥が空を飛ぶということ自体、神秘的なことなのだけれど、さらに白鳥なんて大きな図体をしていて、遠くシベリアあたりから（?）渡って来るのだから大神秘だ。

空を切ってはばたき続ける、そのエネルギー。目的地へとキッチリ到着する、その方向感覚の正確さ。超能力としか思えない。考え始めると頭がクラクラする。考えるのはやめておこう。ただもう、この光景を楽しもう。味わおう。

T氏宅に戻る。奥さんのK子さんはアンティークのアクセサリーやドレスのコレクター（販売もしている）。私も同様の趣味があるので、次から次へと見せてもらって試着。はい、やっぱり何点か買い込んでしまった……。

T氏宅訪問の日にちは、私の都合優先で、私が勝手に決めたのだけれど……。ウカツにも忘れていたが、十一月二十五日と言えば、一九七〇年のその日、三島由紀夫と楯の会の青年たちが市ヶ谷の陸上自衛隊市ヶ谷駐屯地で東部方面総監を監禁、バルコニーで演説し、割腹自殺したのだった。毎年その日が近づくと思い出していたのに、あら、イヤだ、私、今年は前日まで忘れていた。

一九七〇年のその日。お茶の水の出版社に勤め始めていた私に、T氏から電話があった。「今、三島由紀夫が市ヶ谷の自衛隊の建物に入って割腹自殺したらしい。I君（学生時代からT氏の親友で、いっしょに競馬情報関係の仕事をしていた。四十八歳で亡くなったが、私にとってもたいせつな友人だった）は市ケ谷に飛んで行った」と言う。私は呆然。一人、フラフラと屋上に行って、市ケ谷方面をみつめていた……。

そんな強烈な一日だったのに……。前日にTVで「明日は三島事件のあった日」と言っているのを聞くまで忘れていたのだ。うーん……半世紀近くも経つと、こうなるものなのか⁉　ちょっと自分にガッカリ。

＊

フィンランドのアキ・カウリスマキ監督の最新作『希望のかなた』が、うん、やっぱり愉しい。私、好きなんですよ、一九五七年生まれのこの監督。

何しろ美男美女は出て来ない。たいてい口数少なく、ぶっきらぼうで、不器用に生きている人たちばかり。ただし、この監督はそうとうの犬好きらしく、犬は必ずと言っていいほど出てくる。おうおうにして主人公の心の友として。

今回の『希望のかなた』は、シリアからフィンランドのヘルシンキに不法入国した男というのが、いちおう物語の中心になっている。

このシリア男を演じる俳優がカウリスマキ映画にしては整った顔というのが、私としてはイマイチ不満なのだが……彼を無頓着に店員として受け入れるレストランの店長および従業員は、みな、無愛想だが味のあるイイ顔。

全然、客の来ないレストランに業を煮やして、ハヤリの日本風レストランにイメージチェンジするところが、ややドタバタじみるけれど、やっぱりおかしい。

男の店員たちは頭にハチマキのようなものを巻いたり、ユカタのようなものを着て帯のようなものを巻きつけ、そこに刀のようなものを差していたりする。唯一の女店員は、ブロンドの髪をひっつめに巻き、グサグサと箸（？）を挿している。〝ミス・プリント〟された日本イメージ。

カウリスマキ監督は小津映画好きだけあって、説明的セリフは極力、排している。俳優たちにも過剰な演技はさせない。それ故に静かな映画になるのだけれど、高尚ぶったところは全然ない。「やっぱり人間っていいなあ。おかしくて、いじらしくて」と思わせる。

（2017年12月17日号）

◉変わりもの◉マキノそしてアラカン◉マチヤマ・ハカセ対談

ある日。「高田文夫のラジオビバリー昼ズ」（ニッポン放送）を聴いていて、エッ!?と思った。ゲストとして無声映画の弁士というのが登場していたのだが、それがトークのリズムも笑いのセンスも今どきの若者風だったからだ。その名を坂本頼光という。

無声映画の弁士と言ったら、私なぞ、つい「文化財保護」といった立派な意欲に燃えた方たちというイメージを持ってしまうのだけれど（二十年ほど前、無声映画上映会を観に行ったことあり）、この坂本頼光という弁士は、どうやら全然違う角度から無声映画に吸い寄せられたようだ。たぶん、「古くさいものも何回りかすると逆に新鮮」――といった角度から。ちゃんと、今の風が吹いている、という感じがした。

十一月二十八日の夜、ニッポン放送イマジン・スタジオで『高田文夫のラジオビバリー昼ズプレゼンツッ！　坂本頼光　映画祭』というのがあるというので、（クジビキで席取りをされた皆さんには申し訳ないが）高田さんに連絡して「招待」してもらうことにした。

さて、その夜。満員のスタジオに現れた坂本頼光は、スラッと小顔の今どき青年（実は一九七九年生まれの三十八歳らしいが）。長めのフロックコートがよく似合っていた。

いやー、観に行ってよかった。伝説的無声映画『血煙高田の馬場』（'37年。マキノ正博監督、阪東妻三郎主演。若き日の志村喬がチラリと！）と『國士無双』（'32年、伊丹万作監督、片岡千恵蔵主演、十四歳の美少女・山田五十鈴登場）が観られたのだもの。二本とも結構、笑わせるところも多々あり。

映画という新奇なメディアに飛びついた人たちの野心と夢。その暗中模索ぶりがしのばれる。坂本頼光の語りには今風のカジュアルなセンスがあって、笑わせかたもスマート。少年時代は絵を描くのが好きで、水木しげるのアシスタントに憧れていたという。もっか、『サザザさん』という自作アニメ作品のシリーズも手がけているという多才の変わりもの。

＊

『坂本頼光　映画祭』で俄然（がぜん）、思い出したのが、一九七〇年代後半に出版された『マキノ雅弘自伝』（平凡社）。破格に長い自伝で、『映画渡世・天の巻』『映画渡世・地の巻』の二冊になっていた。

これ、ほんと、血湧き肉躍る快著ですよ。

マキノ雅弘の父親は言うまでもなく「日本映画の父」と言われる牧野省三。京都の芝居小屋経営者から、いち早く映画（当時は活動写真と呼ばれた）という新メディアに注目、日本映画界のいしずえを築いた大人物。

その息子が雅弘で、監督として大活躍。老境にさしかかっても任侠映画を次々とヒットさせ、高倉健や藤純子を大スターに育てあげた（’93年、85歳で没）。

この『マキノ雅弘自伝』に触発されたのか、一九七八年にはTBSで『あゝにっぽん活動大写真』という、いっぷう変わった演出のドラマ（いやドキュメンタリーと言うべきか）が作られた。

牧野省三役が伊東四朗で、マキノ雅弘役が小倉一郎。日本映画の草創期を関係者の証言とドラマで浮かびあがらせてゆく――という（当時としては）奇抜な仕掛けの番組で、私は大好きだった。再放送してくれないかなー。

『マキノ雅弘自伝』ばかりではなく、もう一冊。特異なルポライターだった竹中労が嵐寛寿郎にインタビュー取材した『鞍馬天狗のおじさんは――聞書アラカン一代』（白川書院。現在は、ちくま文庫）も懐かしく思い出された。

嵐寛寿郎（通称・アラカン）はマキノ雅弘より六歳上で、歌舞伎役者だったのが高給にひかれて活動写真の世界に。そこで鞍馬天狗役が大当たり。大スターに。

つい、クールで寡黙なイメージを抱いてしまっていたけれど、この『鞍馬天狗のおじさんは――』を読んだらイメージ一変。ほがらかで、好奇心旺盛で、辛辣なところもあって。面白い人なのよ。笑わせるエピソードもたっぷり。好きだわー、私。

やっぱり日本映画草創期の、乱暴とも言えるような、ういういしいエネルギーに圧倒される。

＊

十一月三十日、夜。多才なコラムニストの町山智浩氏と水道橋博士の公開対談を聞きに紀尾井町の文藝春秋西館地下ホールへ。

場内、もちろん満員。町山氏もハカセも同じ一九六二年生まれで五十代半ば。やっぱりその世代か、さらに少し下らしき世代の男の人たちが多かった。

入口で渡された週刊誌大の八ページくらいを費やして、細かい字でビッシリと書き込まれた「〝町山智浩の見方〟がわかる年表2017」というのを見てビックリ。

水道橋博士と相沢直（すなお）（構成作家）の二人が作成したものなのだが……町山氏の生誕から現在に至るまでが、公私にわたって、異様なまでに詳細に書き込まれているのだ。細かい字で、横組みで。目がチカチカ。頭がクラクラ。

そう言えば……この二人は、文責・相沢直、協力・水道橋博士というクレジット入りで、さらに大きな新聞紙大の八ページを費やした「高田文夫20世紀年表　1948―2000」という年表も作っているのよね。

その高田文夫年表のほうは、町山智浩年表より、さらに小さな活字の横組み。私、高田さんには敬意も好意もたっぷりあるが、その年表、一目見ただけで、その細かさに「うーん……そのうち、いつか、拝読します……」とばかり、引き出しの中へ。すみません……。

男子に多く見られる、こういうマニアックな情熱って、私には永遠の謎だ。リスペクトしてます。

さて。町山氏と博士の対談は、まさにマシンガン・トークの炸裂。公表をはばかる「ここだけの話」的なキワドイ話題もいろいろ（やっぱり有名人のハゲ・カツラネタってコンスタントに笑えますね）。

久しぶりにハカセをナマで見て、ちょっと感慨深いものがあった。私が浅草キッドの二人に初めて会ったのは一九九二年。なぜその年と確定できるかというとポール・バーホーベン監督の『氷の微笑』の試写会で会ったからだ。

バーホーベン監督の映画は、どこまで意図しているのかわからないが、どこか独得の、「ミもフタもない」といった感じのおかしみがあって、私は結構好きなのだ（今年日本で公開された『エル』もおかしかった）。『氷の微笑』もバーホーベンらしく、あけすけで、何だか「いかにもー」といった性描写で笑えた（マイケル・ダグラスが素肌にVネックセーターを着て踊るところ、頭の中でだが爆笑）。

見終わって浅草キッドの二人と、どちらからともなく（だったかな）、言葉を交わした。あれからもう四半世紀とは！

今回の町山氏とハカセの公開対談は、文藝春秋から出版されたばかりの『藝人春秋2』（上下巻）のプロモーションをかねて企画されたもの。かなり厚めの本が二冊、同時発売。

タイトルに「藝人」とあるけれど、石原慎太郎や井筒和幸監督など各界有名人もネタにされている。私が苦手に思っていた人物も、ハカセの手にかかると妙に愛敬を帯びてくる。

（2017年12月24日号）

ハリー・ディーン・スタントンの逝報にドッキリ。91歳なのだから驚くこともないのだが。ついに、というか、やっぱりというか『ラッキー』（'17年。日本公開'18年3月）が遺作になってしまった。

しかし、『ラッキー』は、この名傍役に捧げる、すばらしいオマージュ作品となった。独立不羈（ふき）の心を持つ老人ラッキーを主演。コーヒーとタバコと推定百歳のカメを愛するジイサン役。たぶん脚本家はH・D・スタントンの風貌や人柄に合わせて、このジイサン像を描き出したのだろう——と思わせる。心にしみるセリフもいろいろ。中でもジイサン友だち（デビッド・リンチ監督も友人役で出演！）との会話で、「宇宙の真理はすべてなくなるってこと。まっくらな中、そこにあるのは無だけ」と言い、友人から「無ならどうする」と聞かれ、「ほほえむのさ」と言うところ……。

名傍役と言えば……現役では（私としては）スティーブ・ブシェミがナンバーワンだと思う（『イン・ザ・スープ』という主演作はあるものの）。大好き。どんな役でもどこかちょっとヘンなのよね。ピンクの唇がチャームポイント？

2017年
12月

毛糸帽まぶかに風の橋わたる

◉深川の奇怪事◉昔ながらの喫茶店

富岡八幡宮を血で染めた元宮司らによる殺傷事件。十二月八日、朝のラジオ・ニュースで知ってゲッ!?と驚いた。

門前仲町の富岡八幡宮は私の住まいから気楽に自転車でも行ける所にあり、その境内では頻繁に骨董(こっとう)市が立つので、私にとっては、なじみ深いスポットだった（ついでに言うと、地下鉄・門前仲町駅のすぐそばにある古くからの喫茶店「東亜」、私は好き）。

いやー、まさに「骨肉の争い」という言葉をあくどく煮しめたような事件ですね。日本刀で、というのも生なましい。

Ａ４サイズ八枚にわたる八幡宮関係者たちへの手紙に「（自分の要求が）実行されなかった時は、死後においても怨霊(おんりょう)となり、祟(たた)り続ける」なんて書かれていたというのも何だか神がかってコワイじゃないの。

地下鉄駅は「門前仲町」というふうになっているけれど、あのあたりは昔風に言えば深川なんですよね。

富岡八幡宮は深川八幡宮とも言われ、その昔、近くには江戸の豪商なども住み、曲亭馬琴や小津安二郎はこの地で生まれ、松尾芭蕉や平賀源内や伊能忠敬も一時この地に住んでいたという。

遊楽の地でもあり、深川の芸者は、その方角の旧名から辰巳(たつみ)芸者と呼ばれ、特別に粋なものとして見なされていた……。

今やそんな面影はあまり感じられないわけだが、それでもきっと、あの町に代々住んでいる人たちの間では、その気分も生活流儀も細々とながら伝わっているに違いない。

何度か見物したけれど……富岡八幡宮の毎年夏の祭礼は神田祭、山王祭と並んで江戸三大祭の一つになっていて、きらびやかなミコシが「わっしょい、わっしょい」と繰り出される（「そいや！」なんて言わないで）。それに向かって人々は水をかける。それで別名「水かけ祭」。見ているだけでもわくわくする眺め。

TVでも紹介されていたけれど、富岡八幡宮は相撲ともゆかりが深い。江戸勧進相撲発祥の地と言われていて、相撲関連の石碑が並んでいるし、新横綱が誕生した時は、ここでセレモニーが行われる。新横綱が奉納の土俵入りをしてみせるのだ。

というわけで、もっか日馬富士暴行事件で大揺れの角界に、この富岡八幡宮事件が、さらにダークな追い討ちをかけたかのような感じ。

もうっ、お祓い（はら）いするしかないでしょ!?　まったく不信心者の私だが、セレモニーがもの言う世界では、やっぱりセレモニーで対応するのが一番。「怨霊」ばらいの、鎮魂的な、何らかのお祓いセレモニーが必要なんじゃないの？　それでサッサと気分一新してもらいたいな。

さて。その八日の夕方。なじみのI電気のIさんがやって来た。

数日前から私の部屋では、突然、お湯が出なくなり、あわててIさんにSOSの電話をし、給湯器が完全にダメになっていることが判明。新しい給湯器をつけかえることになったのだが、「年末で忙しくて、すぐには行けない」というので、さらに四日間にわたり、私は耐乏生活（一番困ったのはお風呂に入れなかったこと）を余儀なくされていたのだった。

ようやっと来たIさんと、ひとしきり富岡八幡宮事件のショックを分かち合う。Iさんも深川近辺には公私ともになじみがあって、無関心ではいられないのだった。

このIさんと知り合ったのは二十年くらい前になるだろうか。やっぱり何か電気製品のトラブルで家に来てもらったのだが、雑談している中で、彼が大変な芸能ファンであることを知った。おもに演歌・浪曲。長年のエーちゃん（矢沢永吉）の熱烈ファンでもある。

どうやらベビーブーマーより少し下の感じで、北関東ナマリ。風貌は西田敏行系？　マメに新人歌手をチェックしていて、ちゃっかりとグルーピーになっている様子。

話はちょっとズレるようだが……私の本を担当してくれた某出版社の優秀な編集者だったNさんは、会社を辞めて浪曲師・玉川奈々福として転身したのだったが、Iさんは早くから奈々福さんに注目していて、熱心なファンになっていた。私が奈々福さんの知り合いとわかった時は、私もついでにちょっと尊敬された。

人柄はいいし、話が面白いので、電気関係のトラブルがあると、すぐIさんに電話する。たいていサッサとトラブルは片づく。いつも、その何倍も長い時間、お互い、しゃべりこんで笑っている。

＊

ショック！　銀座三丁目の古くからの喫茶店「どんパ」が来年一月二十日をもって閉店するという。

水出しコーヒーが売りの、昔ながらの喫茶店。コーヒーの種類は多いし、各種の豆も買えるし、席はゆったりととられているし、店の人も感じがいいし、喫煙もＯＫだし……という、万事、程のいい喫茶店だったのに！

いつもそこそこ人が入っていたので安心していたのだけれど……やっぱり、いわゆるスタバ系のチェーン店に押されてしまい、経営が成り立たなくなってしまったようだ。

喫茶店病の私は憤懣（ふんまん）やるかたない。なぜ、どうして、何故（なにゆえ）に、いかにも効率優先的なチェーン店のほうが好まれるのか、理解できない。どの店も見たところスマートだが、味もそっけも感じられないじゃないか？　イスやテーブルのデザインにしても、ぐうたらすることは許されず、サッサと出てゆけ的雰囲気じゃないか。

私は、たとえダサくても昔ながらの喫茶店のほうが好き。そのダサさにも、その店その店の個性があり、妙に味わい深かったりするからだ。

とは言え、どうしようもなく救いがたくダサい店というのもあり、そこに入ってしまった時は内心、怒り心頭に発したりもするのだけれど……あとになってみれば、それもまた一興、といった気持になったりもするのだった。

そうだなあ、一九八〇年代くらいまでの銀座は喫茶店の街だった。どの通りにも喫茶店がいくつもあった。昔の日本映画の回顧上映を専門にやっていた映画館「並木座」のすぐ近くにあって、（おそらく）戦前からの店のようだった「千里軒」とか、店名は忘れてしまったけれど銀座教会のまん前にあったヨーロッパのカフェ風のカウンターがあった喫茶店（トイレに行く階段の壁に、フレッド・アステアの大きな写真が）とか。

今はシネスイッチ銀座のビルになっているが、以前は一階に広い広い喫茶店があり、その上に試写室があって、試写終了後、（今は亡き）川喜多和子さんが試写を観た人たち何人かを下の喫茶店に誘ってくれて、感想を聞いたり、映画談議をしたり。喫茶店の減少もあって、今はもうそんな風習も無くなった。

銀座の昔ながらの喫茶店と言ったら、もはや「パウリスタ」「カフェ・ド・ランブル」「トリコロール」「蕃」「樹の花」「和蘭豆」くらいのものか（築地では「ばじりこ」「レンガ」）。

昔から私が興味津々に思いながら入れず、「銀座の秘境」と思っていたユニークなキャバレー「白いばら」も来年一月十日で閉店するという。ショック！　淋しい。

（2017年12月31日号）

●ながらスマホ●魂の歌●若き日のミフネ？

「そら、みたことか」――。私はTVのニュース番組を見ながら、ただでも意地悪げな薄い唇をさらに意地悪く歪ませながら、そう呟いた。

神奈川県の川崎市で、二十歳の女子学生が電動自転車を運転していて、歩いていた七十七歳の女の人に衝突。七十七歳は転倒して頭を強く打ち、死亡――という事件。

女子学生は左手でスマホを操りながら、右手に飲み物を持ち、しかも耳にはイヤホン（音楽を流していたのか？　まさか落語ということはないよね？）をつけていたという。

これだけ外界をシャットアウトしていたら、事故を起こさないほうが奇跡というものだろう。いずれ何らかの事故を起こしただろう。

私自身はスマホを操作しながら自転車に乗っている人は見たことはないけれど、「歩きスマホ」はウンザリするほど見ている。

当人たちは「自分は抜群のカンで巧妙に対向者を避けながらスマホを操作しているんだ」という自信があるのだろうが、冗談じゃあない、対向して歩いている人たちのほうが、こまかく神経を使い、避けてやっているのだ。道をゆずってやっているのだ。「へいへい、歩きスマホ様のお通りですか」と頭の中で毒づきながら。だから今回の事件、「そら、みたことか」。七十七歳の女性がかわいそう。

そのニュース番組では、電動自転車の危険性（乗ってすぐにスピードが出る）のほうに焦点を絞って解説していたけれど、私はスマホやイヤホンで外界とか現実をシャットアウトしたがる心のありようのほうが気になった。もはやスマホを握っていなければ、さわっていなければ、落ち着かないかのようじゃない？　赤ちゃんのおしゃぶりのごとく。

その昔、寺山修司の著書に『書を捨てよ、町へ出よう』というのがあったけれど、「スマホを捨てよ、町へ出よう」と言いたくなってくる。一日だけでもいい、スマホにまったく触れずに過ごしてみることをおすすめしたい。スマホ断ち。俄然、ハダカにされたかのような心細さに襲われるのでは？　ハダカの自分に向き合うこと。はい、人生の修行の第一歩。

なあんて書きながら、フト、「そういう自分はどうなんだ!?」という疑問が。もはやスマホが無いと生きられないかのようになっているんじゃない？（実は、犬の動画を見るのが日課のようになってしまっている……）

まあ、それでも。ツイッターとかフェイスブックとかインスタとかの類いに手を出す意欲は、まったく無い。「発信欲」や「自己顕示欲」は原稿書きということで、あらかた費消されているので。この職業についていなかったら、私もスマホで、ツイッターくらいはやっているのかも？

＊

さて、TVの話。数日前、『今夜、誕生！　音楽チャンプ』（テレビ朝日）という番組を横目で見ながら夕ごはんを食べていて、エッ!?と驚いた。

歌がうまい素人が登場するコンテストのような番組で、ナントカというロボットみたいな物が歌唱の正確さを数値的にはじき出し、さらに数名の審査員（私がヒイキに思っているオペラ歌手・森公美子さんもいた）が採点し、その総合点を競い合うという方式になっていた。

次々に歌い手が登場する中で、てつと（21歳、学生）という青年が斉藤和義の「歌うたいのバラッド」を歌ったのだが……その第一声の「ああ〜」を聴いたとたん、「あれっ、ヘン……」と感じたのだが（一秒くらい）、これが、そのあと数秒で、「おーっ、スゴイ！」に変わるのよ。何か、乱調のようでありながら、ドーンと胸のまんなかを突かれたかのような感動へと変わるのよ。まさにハダカの魂の直撃を受けたかのような気分。

案のじょう、彼は勝ち抜いて、もう一曲、宇多田ヒカルの「First Love」でチャンピオンに挑戦するのだけれど、こちらはほんのちょっと衝撃度は落ちた。それでも十分、聴きごたえはあった。

ところがナントカというロボットの判定は辛くて、結局、チャンピオンの座にいた女子に負けてしまい、私は憤懣やるかたない気分になったのだけれど……その女子チャンピオンも偉かった。てつと君に勝っても喜ぶ様子はあまり見せず、むしろ敗北感をにじませていた。「歌は正確さや、うまさだけでは無いと思い知らされた」といった感じのコメントをしていた。「歌う」ということに関する純粋な思いが伝わって来て、気持がよかった。

てつと君の歌、私、もっともっと聴いてみたいな。歌手になってもらいたいな。見た目もなかなか不敵な美青年風だったしね。

＊

十二月二十九日から公開のインド映画『バーフバリ 王の凱旋』が面白い。

とにかくハデ。ゴージャス。そしてダイナミック。宣伝チラシに「すべてを超えた！インド映画史上最大のスーパー・エピック・スペクタクル！」なんて書いてあるのだけれど、それもまんざら誇張では無いと思わせる。

『バーフバリ 2 王の凱旋』
Blu-ray&DVD
発売・販売元：ツイン

なんでも、インドでは有名な一大叙事詩「マハーバーラタ」というのをもとにした物語だそうで、架空の王国の王位継承問題を軸にして、ほぼ親子三代にわたる愛憎のドラマが展開されてゆく。その筋立てや様式性は日本の歌舞伎に通じるところあり。

主人公のバーフバリを演じるのがプラバースという名の俳優なのだが、これがインド映画界の大物の甥（おい）とかで、一八九センチの長身で筋骨たくましく、野性と知性を兼ね備えたかのような俳優。若き日の三船敏郎を連想させる。姿かたち自体が、すでにしてドラマティックなのよ。キンピカのピアスが似合っている。

当然のごとく、他国の王女（もちろん絶世の美女）と恋に落ちる。インドの美女、しかも王女となると化粧もアクセサリーも絢爛で、セクシーで、迫力たっぷり。そこに横恋慕する男（主役のバーフバリの従兄弟）も出て来て、話がさらに濃厚に。

王宮風景や白鳥の形をした帆船や象や合戦場面など、これでもかこれでもか的に大ゲサで、愉しい。

監督・脚本のラージャマウリは一九七三年生まれ。『マッキー』（'12年）という、ハエが主人公の意表をつく話で大笑いさせてくれた人。喜劇センスも活劇センスもあるんですね。

そうそう……と、わざとらしく思い出すが、『サンデー毎日』の連載一年分を本にした『TOKYO海月通信』が十二月上旬に発売されました。

以前から、なんだか私、クラゲみたいだなあ、フラフラ、ダラダラしていて。でも、漢字で書くと海の月。キレイよね……と思って、このタイトルに。

菊地信義さんの装丁を見てビックリ。菊地さんの話によると、故・浦野理一さん（高名なきものコレクター、染織家）が集めた型染の見本帳の中から選んだそうなのだが、その小紋柄は、私がこの晩夏に日本橋の「榛原」に寄った時に買った小紋柄のウチワ（ただし、色は赤と白。装丁は青と黄）とまったく同じだったのだ！　凄い偶然。嬉しかったあ！

（2018年1月7－14日号）

◉アトムの時代◉モリのいる場所◉熊に胸キュン

謹賀新年。平成もいつのまにか三十年に。元年生まれの赤ちゃんがレッキとした大人になっているわけだ。何という歳月の早さよ。唖然。今年こそ、一日一日をたいせつに、充実させて生きていこう——と心に誓うわけですが。

なあんて書き始めてみたものの、これを書いているのは、お察しの通り、まだ平成二十九年の暮れ。変則的な「年末進行」の中にあって、書き溜めと大掃除（という程でもないけれど）に追われている。

そんな中で一年を振り返って思うのは、「ＡＩ」という言葉が急速に、そして広汎（こうはん）に普及した年だったなあということだ。

人工知能ＡＩ（artificial intelligence）を主役に据えた映画は、すでに二〇〇一年にスティーヴン・スピルバーグ監督が、そのものズバリのタイトル『Ａ.Ｉ.』を撮っている。

不治の病で昏睡中の息子を持った若い夫婦が、少年型ロボット（人間同様、ひとを愛することもプログラミングされている）を購入し、愛情を注ぐのだが……という話。かりそめの両親を愛しながら、結局は見捨てられてしまった哀愁の少年型ロボットを演じたのがハーレイ・ジョエル・オスメントという、淋しく、いじけた顔立ちの子役で、役柄にピッタリだった。

何しろ十五、六年も前に観たので、「ＡＩ」という言葉はあんまり身にしみず、その映画で描かれた近未来というのも、そうとう先の話のように思っていたのだが……現実シーンでは着々とＡＩ

2017年12月

化は進行していたのだった。

ＡＩの実力はいったいどんなものなのか。わかりやすいところで、ＡＩと棋士の対戦というのが、続々と組まれるようになった。今のところコンピュータのほうが若干、優勢のようだ。コンピュータは次々と学習するに違いないので、もはや人智を超えつつあると言えるのではないか？　あちら、体力的にも（？）疲れ知らずみたいだしねえ。

一事が万事で、ＡＩの進化は人間のさまざまな職業を駆逐してゆくのではないか!?――という危惧も出て来ている。

便利、効率、採算、正確……といった角度から考えたら、もはやＡＩ化というのは抗し難い流れだろう。人間が人間の造り出したものに苦しめられる。いわゆる「自己疎外」。

医療や美容の世界では、（私はよく知らないけれど）人工関節とか肛門とか、顔の内部を削ったりふくらませたりとか……さまざまな技術が開発されているようだ。イヤな言い方になってしまうが、人体の人工化の技術も進んでいるようで、人間が限りなくロボット化への道を突き進んでいるかのような気分にもなるのだった。

ロボットは人間化し、人間はロボット化し……。なあんて、つい、思ってしまうのは、私が理科系センスに著しく欠ける人間だからだろうか？　よくわからない。

とにかく（と乱暴に話を変える）、「空をこえて、ラララ、星のかなたー」（作詞・谷川俊太郎）と『鉄腕アトム』の歌を胸を張って歌っていた昭和の子ども時代を甘く懐かしむばかりだ。

＊

昭和の時代、「画壇の仙人」と呼ばれていた**熊谷（くまがい）守一の大規模な回顧展**が、東京・竹橋の東京国立近代美術館で開催されています。

愉しいですよ。絵なんて興味無いという人にもおすすめします。

熊谷守一は岐阜県生まれ。長寿の人だった（一八八〇〜一九七七年、九十七歳没）。若い頃は東京美術学校（現・東京藝大）で首席という程、アカデミックに「うまい絵」を描いていたのだが、郷里に戻り、力仕事などして絵は描かないという生活を数年。再び上京して絵を描き出したものの、絵は売れず貧窮生活。生活が安定したのは、たぶん、初老になってからでは？

世間一般にも知られるようになったのは、一九六七年に文化勲章を「わたしは別にお国のためにしたことはないから」という理由で辞退したという、「変人」ぶりが伝えられてからでは？

私は熊谷守一の、ギリギリまで単純化された生きものたち（人間も含む）の絵ばかりではなく、まさに仙人風（ただしハイカラ）の風貌も好きで、池袋近くの要町にある「熊谷守一美術館」も二度程、訪ねたことがあった。四十年来の住居跡に建てられたもので、建物の壁には蟻の絵とサインが刻まれていて、緑も豊かで、楽しい美術館なのだった。

今回の国立近代美術館の回顧展は大規模で、私が見たことのない絵も何点か見られた（もしかすると私が忘れていただけかもしれないが）。スレスレまで抽象化された生きものたちの姿。「いのち」の不思議をひたすら抽出したかのよう。

2017年12月

私が今回の回顧展を訪れた日（12月18日）には、マスメディア関係者限定で、晩年の熊谷守一の姿を描いた映画『モリのいる場所』（監督・沖田修一）の試写会もあった。

晩年の熊谷守一を山﨑努が、奥さん役を樹木希林が演じていた。お嬢さんの榧(かや)さんが書いた『モリはモリ、カヤはカヤ――父・熊谷守一と私』（新日本出版社）に描かれていた生活ぶりが、映画という形で見られて嬉しかった。

モンペ姿で白いヒゲの熊谷守一が庭の草むらに寝ころんで蟻をジーッと見ていて、「蟻は脚の二本目から動き出すんだな」と言っていたのが「えーっ、そこまでシッカリ見ていたの？」と、驚いた。

＊

イギリス・フランス合作映画『パディントン2』、断然おすすめします。

『パディントン2』Blu-ray&DVD
発売元：キノフィルムズ／木下グループ
販売元：ポニーキャニオン

パディントンは人間語をしゃべり、服を着て、二足歩行という設定のクマ。いやー、かわいいんだ、これが。特にパッチリとツブラな瞳ね、ほほえんでいるかのような口もとね。微妙に、ほんとうに微妙に、表情があるの。笑ったり怒ったり。

さすがイギリス。ファッションはトラッド。青いダッフルコートに赤のウールの深めの帽子。今回は太い横ジマの囚人服姿も披露。性格は明るく活発で、しかも礼儀正しい。ジェントルなのよ。甘ったるく子どもに媚びたキャラクターじゃあない。節度あるジェントルマン。だからこそ大人が見ても楽しめる。パディントンを愛さずにはいられない。私、胸キュン！

これにヒュー・グラントが悪役として絡む。ヒュー・グラントと言ったら、その昔（一九八〇年代後半）、『モーリス』をはじめ、甘い二枚目（なおかつインテリ）で売っていた。『ノッティングヒルの恋人』『ブリジット・ジョーンズの日記』などに出演、「ロマンティック・コメディの帝王」とまで言われたのだが……五十代となった今や（ロマンティック抜きの）コメディも器用にこなす人となった。メリル・ストリープ主演の『マダム・フローレンス！　夢見るふたり』（'16年）の喜劇演技もよかったしね。

バカに喜劇は務まらない。基本的に賢い俳優なのだと思う。

（2018年1月21日号）

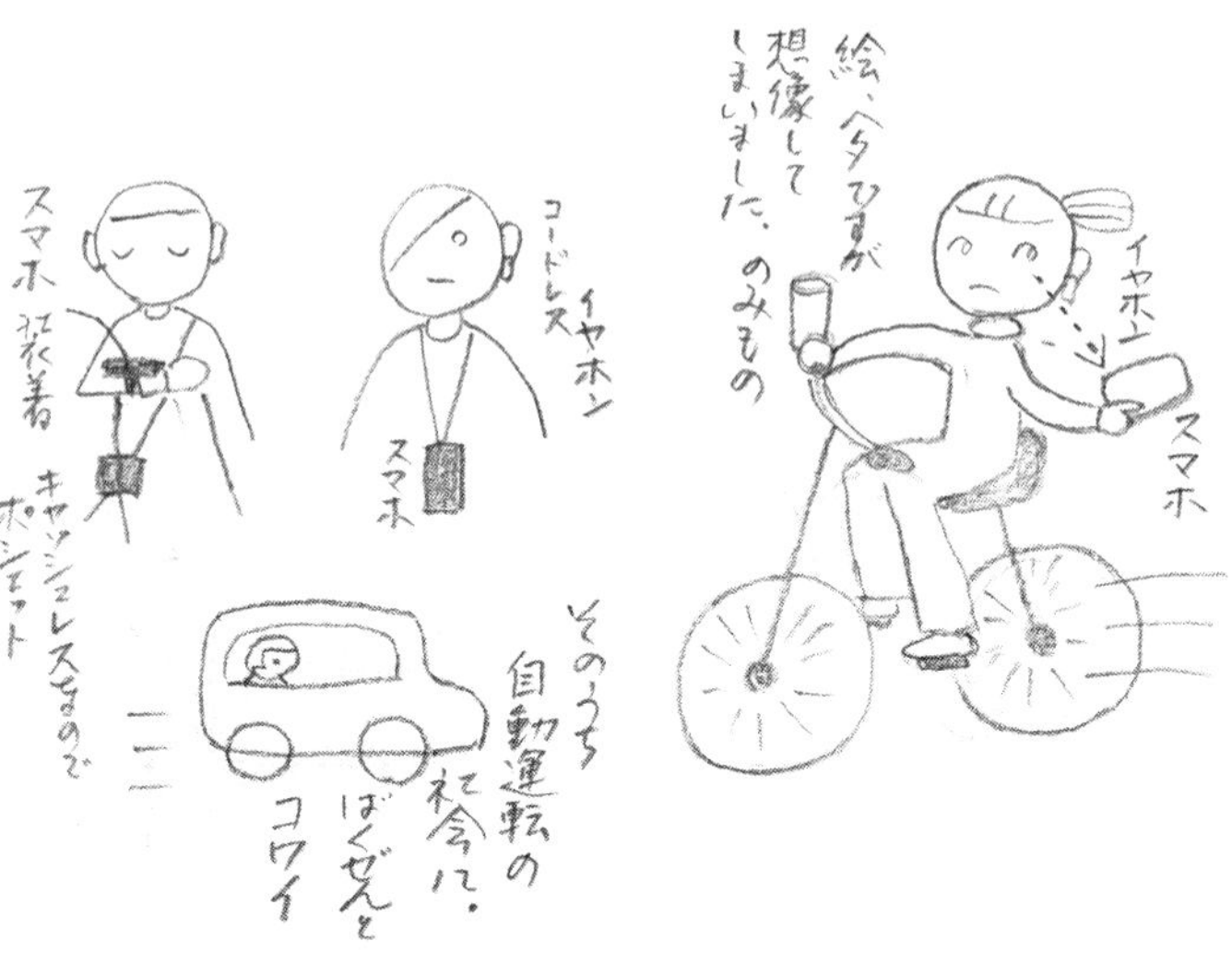

くどいようですが……P48に書いた電動自転車事件。その時の女子の様子を図解してみました。耳にはイヤホンだから外界の音はほぼ遮断。左右の手にはスマホと飲みものだから、視覚はごく限定的であり、おもにスマホのほうに向かっていたとおぼしい。聴覚も視界も前方ではなく、他のほうに奪われていたのだ。

私は電動自転車に乗ったことがないので、わからないのだけれど、普通の、人力の自転車に較べると微妙なノロノロ運転というのがしにくいのかも。ノロノロだったら、ぶつかっても相手は死ぬほどではなかっただろう。ケガでも一大事ではあるけれど。

私がこの事件をひどく不快に感じた一番のポイントは、その徹底した「外界拒否」の心だと思う。イヤホンとスマホの世界に逃げ込んで、ナマの現実世界に関心を寄せない――そういう自分を恥じるどころか、もしかすると「カッコいい」とまで思っていたんじゃないのか!?――とまで勘繰りたくなる。まあ、それもまた若さというものだとは思うけれど。結局、この事件、禁錮二年、執行猶予四年という判決になったのだが……うーん、ちょっと甘すぎないか?

2018年1月

長屋路地一軒ばかりの松飾り

◉愉快な批評性◉クロサワ特集◉『紅白』雑感◉富士は日本一の山

この『サンデー毎日』が店頭に並ぶ頃には、もうとっくにお正月気分は吹き飛んでいるでしょうが、実は、私にとってはこれが仕事始め。二〇一八年、最初の原稿だ。マヌケなタイミングになってしまうけれど、年末年始の話を少々。

仕事も部屋も何とか片付けた十二月三十日。清水ミチコのワンマン（ワンウーマン？）ショーを観に九段の日本武道館へ。題して**『国民の叔母　清水ミチコのひとりジャンボリー～祝 武道館5回目スペシャル～』**。

清水さんとは、いささかの面識があり、今回も「招待客」として席を確保できたのだが、会場に詰めかけた熱心なファンに申し訳なく、後ろめたく。帽子をまぶかに、小さくなって招待席についた。

それでも客席チェックは怠らず。近くの前方に森山良子さん（白マスクにて。清水ミチコにはたびたびネタにされている）と、同じ列の右側にイラストレーター南伸坊さんの姿を確認。

場内ギッシリ。武道館のキャパシティーは一万五千人くらいでしょ。同好の士（しかも格別に熱心な）が、とりあえずこんなにいる――というのが嬉しく、心強い。

そんな熱気の中、ステージに清水ミチコ登場。例によって次々とスターに憑依（モノマネという呼称を超えている）。背後に大きなスクリーンが三つあるので、こまかい表情もよく見える。

やっぱり松任谷由実と中島みゆきの論争ネタ（？）が秀逸。それぞれのモノマネで「私のほうがスゴイ」的に張り合うのよ。歌唱テクニックの分析の鋭さに唸りつつ大笑い（私の友人の〝思想家〟呉智英は中島みゆき崇拝者だけれど、私はユーミン派なんですよね、昔から。ケンカになるので話題にはしないけれど）。

当然のごとく森山良子ネタもあった。客席の御本人は？と見ると、大笑いしていた。

瀬戸内寂聴ネタもおかしかった。たんにシャベリ方が似ているというだけでなく、その人物の個性というものの核心に迫っているところが、私は好き。愉快な批評性。これですよ、これ。もちろん音楽的素養も強み。

今や女の笑芸人も続々とデビューしていて百花繚乱（？）という感じで頼もしい限りだけれど、おうおうにして「モテる・モテない問題」「キレイ・ブス問題」ネタになるところが、（同世代の女子にはウケるのだろうが）私には物足りない。

清水ミチコと野沢直子――この二人は、若い頃からそういうネタには頼らなかった。今からちょうど三十年前（！）、この二人が共演していたフジテレビ『夢で逢えたら』を懐かしく思い出す。

＊

大みそかの昼さがり。何気なくTVのスイッチを入れたら、黒澤明監督の『椿三十郎』（'62年）の場面がパッと出て来てしまった。

ちょうどチャンネルがNHK・BSプレミアムにセットされていたのだった。この日、黒澤明監督特集で『七人の侍』『生きる』『用心棒』『椿三十郎』『赤ひげ』の連続放映があるというのは新聞を見て知っていて、もう何遍も観ているから観るのはよそう――と思っていたのに。うーん。やっぱり画面に目が引きつけられてチャンネルを変えることができず、最後まで観てしまった。

やっぱり面白いんですよね。何度観ても。今回は話の省略の巧さと、出演俳優たちの姿かたちに、あらためて感じ入った。

いやー、仲代達矢と加山雄三の若々しさ。二人とも目に凄い力がある。「精気」がみなぎっている。今の若い俳優たちも何十年か先に見直したら、こんなふうに見えるものなのか、それとも昭和という時代ならではのものだったのだろうか？

私の大好きな俳優――志村喬、藤原釜足、伊藤雄之助の老練さも愉しく、懐かしい。特に志村喬。怪優・殿山泰司（銀座のおでん屋「お多幸」の子）が最も慕っていた人で、確か著書『ＪＡＭＪＡＭ日記』でだったと思うけれど、志村喬夫妻の人柄のよさ、大きさ、奥深さについて、敬愛を持って描写していた。

志村喬は一九八二年に七十六歳で、殿山泰司は八九年に七十三歳で亡くなった。

＊

夜は、やっぱりＮＨＫ『紅白歌合戦』をチェック。総合司会・内村光良（てるよし）と桑子真帆ＮＨＫアナウンサー、白組司会・二宮和也、紅組司会・有村架純――という布陣。四人ともソツなく淡々と大役をこなしていた。

演歌からロックまで一堂に会して――というのが『紅白』の魅力の一つ。私は初めて欅坂46の

「不協和音」というのを見たが、とても面白いと思った。やたら暗くて反抗的ムードで。女の子たちは前髪で目をかくすようにしていて、無表情。服も黒っぽいコート風のもの。ダンスも直線的で激しくて。

今回の『紅白』では、これがベストになるかなあ、と思っていたら、（あとで知ったのだが）メンバー数人は、ラストに過呼吸か何かで倒れてしまっていたのだそうな……。

今年九月に芸能界を引退する安室奈美恵が「特別出演」というかたちで「Ｈｅｒｏ」を、涙をにじませ、熱唱。翌日のラジオでは水森かおりが「その時の楽屋は異様な雰囲気だった。歌手の皆さん、動きをとめて、安室さんの歌に聴き入っていた」と語っていた。

トリは石川さゆりの「津軽海峡・冬景色」と、ゆずの「栄光の架橋」。両方とも新曲ではないけれど、うん、やっぱり「紅白映え」するのは、その曲でしょう——と納得。

＊

さて、二〇一八年となった元日の昼さがり。友人夫婦の車にピックアップしてもらって、千葉の山荘へと向かう。

晴天。東京湾の上空には、くっきりと富士山が。何の根拠もなく「めでたい」「縁起がいい」と思ってしまう。不信心者の私の中にも、「一富士、二鷹、三茄子」的な、おめでた感覚があるのだろうか。「霊峰富士」的な信仰心があるのだろうか。

富士山は噴火によって偶然できた山だけれど、その稜線はほんとうに優美。「気高い」という言葉がピッタリの精神性まで感じさせる。日本人の心の拠りどころの一つですよね。文部省唱歌「あたまを雲の上に出し……富士は日本一の山」と歌いたくなる（作詞は巌谷小波だ）。

確か『伊勢物語』にも、東国へとくだった在原業平が富士山を見て、その大きさと、夏なのに雪をかぶっていることに驚いた話があったなあと思い出し……何だか、にわかに日本の古典文学への興味をかき立てられたりもして。大学受験勉強以来、また読み直してみたいもの、多いなあ。今年こそーと。

翌日の二日。神社に初もうでをするべく、車で館山へと向かったら、その神社近くは大変な渋滞。サッサとあきらめて、その近くの、あんまり有名じゃあないほうの神社へ。わずかな賽銭で大きな願い。

車から道路ぞいの住宅地を眺めていると、何だかめっきり、お正月の松飾りというのが減ったなあと感じた。門松はまったく見られなかった。言うまでもなく日の丸の国旗も。もちろん羽根つきする子どもたちなんて全然いない。ちょっと物足りない。

（2018年1月28日号）

◉三代同時襲名◉小津ごのみ◉アイボに動揺

一月九日。久しぶりの歌舞伎座。中村勘三郎（十八代目）が亡くなってショックを受けて、この五年近く歌舞伎を観る気になれずにいたのだった。

ようやく歌舞伎座に足を運ぶ気になったのは、ひとえに、十二歳の**美少年・松本金太郎**の晴れ舞台を観ておきたかったから。

前売りチケットは早めに買ったのだが、すでにもう、いい席はふさがっていて、仕方なく一階の最後列に。花道寄りというのが、かすかな救い。

素顔の、この少年美！

市川染五郎を襲名。

金太郎は歌舞伎の名門・高麗屋のサラブレッド。父は市川染五郎で、祖父は松本幸四郎。今回の公演では、金太郎が八代目・市川染五郎に、染五郎が十代目・松本幸四郎に、幸四郎が二代目・松本白鸚にと同時襲名することになったのだ。直系三代揃っての襲名はとても珍しいこと。三十七年ぶりだという（前回もやっぱり高麗屋だった）。

今回は、この襲名披露口上が「夜の部」一番の見ものとなった。少なくとも私にとっては。

歌舞伎座の横長の大舞台に二十人くらいの役者たちが白塗りでマゲのカツラをかぶり、カミシモ姿でズラリと居並び、一人ずつ古風な祝辞を述べてゆく。役者によっては笑いを取りにいくこともあり、場内の空気は、つかのまほぐれる。その硬軟のあんばいも愉しい。

中央に高麗屋三代。金太郎あらため染五郎は、さすがにまだ小さいけれど、白塗りの顔は光り輝く美しさ。

グッと下世話になって申し訳ありませんが……祖父にあたる新・白鸚の奥さんも、父にあたる新・幸四郎の奥さんも、

「とびきりの」と言ってもいい美人なんですよね。美人妻が二代続くとこういうことになるのか……と感じ入りつつ新・染五郎の口上に拍手を送った。

口上の次の出しものは、高麗屋のお家芸とも言える『勧進帳』。

新・染五郎は義経、新・幸四郎は弁慶を演じた。父子競演。花道からしずしず登場し、いわゆる七三のポジションで止まり、客席に向かって演技を見せる義経＝新・染五郎にあたたかい拍手が湧き起こる。ソツなく、初々しい。大器登場だ。

祖父の新・白鸚（九代目・幸四郎。私より四歳年長）はもちろん、その父の白鸚（八代目・幸四郎）の代から歌舞伎を観ているので、何だか頭がクラクラして来た。「エー!? 私、そんなに長く生きているわけェ!?」と。

さらにさかのぼって。七代目だったと思うが、松本幸四郎が弁慶を演じた『勧進帳』（'43年）の記録映画も観ているんですよね。この弁慶はすばらしかった。ドラマティックとはこういうものだ！と感じさせた。当然、今の高麗屋三代も観ているだろう。

金太郎あらため染五郎（本名　藤間齋（いつき）君）は、絵を描くのが好き。味のあるノビノビしたいい絵。仏像マニアで、ねっからの芝居好きらしい。妹と「犬丸座」と称して、ぬいぐるみの犬を主人公にした人形劇を仕立てて遊んだりしている（詳しくは雑誌『SWITCH』'17年11月号を）。

大器現る。こうやって歌舞伎って生きのびていくんですねえ。頼もしい。

＊

TVドラマはめったに観ない。映画を観ることでドラマ的興味は、ほぼ消費し尽くしているからだ。

そんな中で珍しく観たのが、一月八日の夜、テレビ東京の単発ドラマ『娘の結婚』。何しろ主演が中井貴一で、新聞TV欄に「男手一つで育てて来た一人娘の結婚にとまどう父親の話」といった解説があったので、「何だか小津映画みたいな設定じゃないの」と興味を引かれたのだった。

中井貴一と小津安二郎監督のかかわりは深い。そもそも貴一という名は小津監督が命名したものだ。

小津監督は松竹撮影所の食堂の娘だった麻素子（ますこ）さんを実の娘のように、また、私設秘書のようにかわいがっていた。その麻素子さんは当時の松竹の若手人気スター・佐田啓二と結婚。二人の間に生まれた貴恵と貴一を、小津監督（生涯独身）は孫ができたかのように喜び、かわいがった。

昭和三十八年（'63年）小津監督はガンで入院。死期を予感した佐田啓二は「貴一といっしょに写真を撮ったことがないから」というのを口実にして、妻・麻素子と当時二歳の貴一を連れて病室を訪れ、三人の記念写真を撮った（この写真、小津関連本の決定版『小津安二郎――人と仕事』で見られます）。その三カ月後、還暦を迎えた六十回目の誕生日に小津は亡くなり、翌年夏には佐田が自動車事故で急逝――まだ三十七歳だった。と、まあ、そんな密なかかわりがあるのだった。

さて『娘の結婚』で、父と娘が暮らすのは古い木造家屋。タタミ、障子、フスマ、ちゃぶだい……という昭和感ただよう家。やっぱり小津映画（特に『晩春』）を連想せずにはいられない。

そんな背景の中で中井貴一を見たわけだけれど、うーん、風格たっぷり。「熟年」という造語もまんざら悪くないなあと思わせる。今後、もし、小津監督が登場するドラマがあったとしたら、それを演じるのは中井貴一しか考えられない、とも思った。

学生時代はテニスに夢中で俳優になる気はまったく無かったそうだが、はたちの頃にスカウトされて映画『連合艦隊』（'81年、松林宗恵（しゅうえ）監督）でデビュー。TVドラマ『ふぞろいの林檎たち』（'83年、脚本は山田太一さんだぁ！）の主演級の役柄（酒屋の子、三流私大の学生）で、一気に注目されるようになった。私もこのドラマは熱心に観ていた。最初から作為の無い自然な演技だったと思う。

あのドラマに出ていた時任三郎、柳沢慎吾、国広富之、手塚理美、石原真理子、中島唱子……私より歳下なのに、ちゃっかりと、同じ青春を共有したかのような気分になって、タイトルバックに流れていた「いとしのエリー」を聴くたび、胸しめつけられたりして。

そんな世代の中井貴一も九月には五十七歳になるらしい。まだまだ精気に満ちているけれど、やがて（だいぶ先でしょうが）笠智衆のようになるかもね。枯れ具合に美しさや懐かしさがある俳優に——。楽しみに見続けていきたい。

＊

さて、話は一変。ソニーの家庭用ロボット犬「aibo（アイボ）」の新型（人工知能アシスタント搭載）が一月十一日に発売されたという小さな新聞記事を見て、私、動揺。写真を見ると、結構、かわいいんですよ。これが。

スマホの動画で確認すると、頭（顔）や手脚ばかりではなくシッポまで動かすんですよ、スムーズに。まばたきもするし、視線を合わせたりもする。伏せたり、立ったり、耳を動かしたり、口も動かしたり……。かなり犬っぽい。

犬好きなのに「ペット厳禁」のマンションに住んでいるため、飼えずにいる私としては買おうかどうしようかと大いに悩むところ。価格は三十万円くらいらしいので、決して高いとは思わない（本物の犬だったら、長年トータルで考えたら高くつく）。けれど、触覚的には不満が出てくるんじゃないか!?と思ってしまうわけだ。毛が無いし、体温も無いわけだからねえ……と。いや、あくまでロボットとして愛せばいいのか……と心、千々に乱れている……。

（2018年2月4日号）

◉乱調の初場所◉レコードの頃◉雪の日のキモノ

一月十八日。大相撲初場所五日目。三時頃、両国の国技館へ。

坪内祐三さんが早めにマス席チケットを押さえてくれたのだ。相撲好きで、今場所も連日のように足を運んでいるらしい。それも一時頃から。この日もすでにマス席（向こう正面二階）に陣取っていた。

あと二人は誰か聞いていなかったのだが、やがて泉麻人さんと南伸坊さんがやって来た。旧知の間柄なので嬉しい。さっそく売店で買った「稀勢の里弁当」を広げる。

両国の国技館での相撲見物は今回で五回目になるだろうか。友人のツテで、一度だけ土俵近くの席で観たことがあったが、仕切りでかがみ込んだ力士のお尻を真後ろからもろに見る形になり、恥ずかしいやらおかしいやら。

今回は後方の席なのでオペラグラス持参。向こう正面だから行司の姿を後ろから観る形。TVで観るのと逆。何だか地味な感じだなあと思って、気がついた。行司の衣裳は前から見るとオカザリが多くて派手だけれど、後ろはオカザリに乏しいのだった。

日馬富士暴行問題に端を発し、モンゴル勢に対する風当たりが強くなった中、あの白鵬が二敗して五日目のこの日、すでに休場。稀勢の里も一勝三敗という惨状だったので、やっぱり休場か?と思ったら、それを押し切っての五日目なのだったが……。嘉風にあっけなく押し倒されて土俵下へと転げ落ちてしまった。

場内、大きな溜息が。ほんと、見ていて辛かった。稀勢の里の、あの質実な魅力あふれる御両親の顔が浮かんでしまう。

翌日。TVのニュースで稀勢の里の休場を知った。何だかホッとした。これでしばらく心安らかに相撲を観られると。

それにしても……。四人横綱だったのが今場所は鶴竜一人に。この『サンデー毎日』が店頭に並ぶ頃には優勝しているのかもしれない。

そんな流れにちゃっかり乗るようですが……私、鶴竜、好きなんですよ。理由は単純。長年の男友だちであるアキちゃん(画家。郷里の茨城でノンキな里山風景を描いている。東京に三十年くらい住んでいたのに強烈な茨城弁)に顔がソックリだから。それで、ついつい、鶴竜もいいヤツ——と思い込んでいるのだ。

＊

一月二十一日。夜九時からの二時間番組『お宝レコード発掘の旅』（BS朝日）を観る。他に観たい番組が無く、BGM代わりの気持で観始めたのだったが、これが意外な面白さ。

TVスタッフがテキトーに選んだ町や村に行って、歩いている人にいきなり「あなたの思い出のレコードありますか？」とインタビュー。「ある」と答えた人には、その人の家まで行って、そのレコードを見せてもらい、聴かせてもらう（スタッフはプレーヤーを持参）。

何しろカセットでもCDでもなくレコードだから、年輩者限定でインタビュー。案外（というか、やっぱりというか）レコードを処分できずにいる人が多く、そのレコードにまつわる思い出話も多彩。笑いあり涙あり。

これに歌手の野口五郎が進行役ぽくコメントしてゆく。そのコメントぶりもとてもよかった。ねっからの音楽大好き人間。洋楽にもかなり詳しく、好きであることがヒシヒシと伝わって来た。

ある老夫人の家には昔ながらの「蓄音器」があった。私は「エッ!?」と身を乗り出して見た。どう説明したらいいのだろう。六十センチ角くらいの木製の箱型のもので、脇にハンドル状のものあり（これを回して動力にする）。フタをあけると、レコードを乗せる回転盤と尖端にレコード針をつけた金属製のハンドルのようなものがある。

懐かしい！　私の小学生時代のわが家にもこれとソックリの「蓄音器」があったので。もちろん戦前からのもの。レコードも何枚か残されていて、その中に「血煙荒神山」というのがあった。ドラマティックな浪曲。たぶん、祖父の趣味。なぜか私はこれが一番のお気に入りだった。浪曲師は、もちろん広沢虎造。

じきにその「蓄音器」もレコードも物置にしまわれ、やがて無くなっていた（いつ、どうやって処分したのだろう？　記憶無し）。

古い蓄音器を今でも持っているその老夫人の夫は、クラシック音楽が好きで、最期はチャイコフスキーの「悲愴」を所望、聴きながら亡くなったという。

実を言うと、私は数年前にレコード・プレーヤーを廃棄してしまった。何しろ、たいして広くはない納戸代わりの部屋に、大量の本とＤＶＤ（＋ビデオとＬＤ）を詰め込んでいるので、「もうレコードの時代ではないから」と心を鬼にして、プレーヤーとレコードを処分したのだった。

それでも何枚かのレコードは処分できなかった。愛着がありすぎて。ジャケットの絵柄も好きだったりするしね。

今回、この『お宝レコード発掘の旅』というのを観て、気持が定まった。思い出深いレコードはやっぱり処分せずに取っておこう、と。アマゾンで検索してみると、レコード・プレーヤーも低価格で小型のものがいろいろあるようだしね。

＊

これを書いている今、窓の外は雪。前日の天気予報通りになった。運河を隔てた対岸の高層ビルが淡く霞んでいる。橋を渡る人たちの傘が、わずかな彩り。

重い雪ではなくて、羽毛か花びらのような雪片で、風に舞っている。綺麗。と見とれつつ、TVニュースが「関東　大雪警戒」と伝えているのが心配。明日は、はたして大丈夫なのか、と。雪はやんでいるだろうが、道路は滑りやすくなっていたり、晴海通りも交通渋滞してしまうのではないか、と。

明日の夜は久しぶりに旧友たち（元・編集者）と銀座で食事をする予定があり、キモノを着て出かけるつもりでいたからだ。裾を汚さないよう、ゾウリが滑らないよう、気をつけなくてはいけないことが、いろいろ。ごく着馴れた人だったら苦にもならないのだろうが、私はまだまだその域には達していない。どうか、朝までには降りやみますように——と念じながら、チラチラと窓の外を見ている。

洋服もそうだがキモノも、フォーマルとかドレッシーといったのには、まったく興味が無く（というか、やっぱり似合わず）、カジュアルで普段ぽいものが好き。着付けもキチッとしたのは苦手で、無造作なほうが好き。だから着付け教室には行かず、本や映画を見て、何とか自力で着られるようになった（成瀬巳喜男監督の『流れる』は大いに参考になりました）。

通（つう）が見たら、いろいろアラがあるのだろうが。何しろ帯板は省略、帯枕も薄手のものにして、時どき省略しているのだもの……。竹久夢二描くところの和装美女たちは、どう見ても帯のあたり、クッタリしていて、帯板を入れているようには見えないよねえ……。「これでいいのだ」と、自分に言いきかしている。

男の人たちだってキモノを着ると断然、素敵に見える。笠智衆のような地味目のキモノ姿に限られるが。

（2018年2月11日号）

2018年1月

つくづく私も長く生きているもんなんだなあ――と思い知らされた。「絶世の美少年」として注目されていた藤間齋君（松本金太郎）が、いよいよ八代目・市川染五郎襲名。

父・市川染五郎は十代目・松本幸四郎に。そのまた父の松本幸四郎は二代目・白鸚に。じゅんぐりに繰り上がり。いやー、ほんと、感慨深いものがあります。何しろ初代・白鸚は松本幸四郎時代から観ているからねえ。その息子二人――私より少し年長の長男・市川染五郎と弟の中村萬之助は若手として大いに活躍（兄弟共演のテレビドラマもあったなあ。

やがてそれぞれ松本幸四郎と中村吉右衛門ということに……。この時代が長かったけれど、幸四郎はいよいよ白鸚に。三代現役バリバリということになった。と、まあ、そういうことです。書いていて頭がグルグル。歌舞伎の世界では、襲名というのがあるから、話がややこしくなる。そのうち慣れるとは思うものの。

金太郎あらため染五郎君はしんそこ歌舞伎が好きみたい。幼児期から犬の人形・ボン吉を使って犬丸座というのを想定してお芝居ごっこ。しっかり今風の小顔。身長もグングン伸びている。

2018年2月

友ありて癖字のたより寒夜かな

◉出稼ぎ父ちゃん◉イオセリアーニ監督のこと◉ゴージャスな鶴

大相撲初場所。西前頭三枚目の栃ノ心が十四勝一敗で優勝。二横綱（白鵬、稀勢の里）を欠く場所だったとはいえ、立派な体格を生かした危なげのない相撲。気力・体力の充実ぶりを感じさせた。外国人力士には違いないが、モンゴル力士の圧倒的優勢の中、思いがけないところから風穴を開けた——というかっこう（鶴竜の後半の四連敗、あれはいったい何故に？）。面白くなってきました。

栃ノ心は白人力士ということになるけれど、白というよりピンクだよね。ピンク人。見るたびそう思う。子どもの頃（四歳くらいだったかな）、家の新築のため仮住まいをしていた貸家にアメリカ人も住んでいて、そのピンクの顔に驚き、ひどく恐怖したのを思い出す。ニコニコ笑って、いい人ぽかったのに。

今回の優勝で初めて知ったが、栃ノ心の奥さんは東欧のジョージアで暮らしていて、女の子を出産したばかり。ひんぱんにテレビ電話で会っているらしいが……いやー、出稼ぎ父ちゃん、辛いだろうなあ、と同情してしまう。

と同時に、角界が外国人力士の受け入れに踏み切ったのは正解だったと思わずにいられない。モンゴル勢をはじめガイジン力士が強すぎるのが辛いところだけれど、彼らによって相撲人気が支えられてきたのは事実なのだ。時に悪役（ヒール）として。

もし、外国人力士を受け入れなかったとしたら……相撲界に今のような活気は無いだろう。カタチだけのものになっていただろう。

外国人も受け入れたからこそ、ハワイ、モンゴル、東欧などの人びとが日本の相撲というものに関心を抱いた——というプラスの側面もある。栃ノ心はいまや小国ジョージアの国民的ヒーロー。極東の小国である日本への関心も高まったに違いない。

外国人は受け入れても、相撲自体のしきたりや流儀は守ってきた。故国を遠く離れて日本にやって来た若者たちに、日本人の私たちですら、もはや古風に思われるような生活流儀やファッションを強いてきたのだ。

とにかく外国人力士のおかげで相撲は命脈を保ってきた。しかも、相撲という競技が外国にも認知されるようになった。

日馬富士暴行問題に端を発した角界スキャンダルにはゲンナリだけれど、東欧の栃ノ心がその暗雲をつかのま振り払ってくれた——という形。いやー、意表をつく面白い展開。相撲ってこうやって生きのびてゆくのね。

流暢な日本語で、目をうるませて優勝の喜びを語る栃ノ心に、私もつい目頭が熱くなったりして。

*

栃ノ心の故国ジョージアは、以前はソ連の一部で、グルジアと呼ばれていた。一九九一年に独立を宣言したが、二〇〇八年にロシアと衝突して以降、英語読みのジョージアが広まったらしい。でも、私はグルジアという国名のほうに愛着がある。

2018年2月

その一番の理由は、グルジア出身のオタール・イオセリアーニ監督の映画が（そして監督自身も）大好きだからだ。

イオセリアーニ監督は一九三四年生まれ。この二月二日に八十四歳になった。面長で鼻も長いところ、栃ノ心に似ているような気がする。三、四年前にお会いする機会に恵まれたが、長身でノーブルで冗談好きの素敵な爺様だった。私は、すかさずハグしてもらった。吸い込まれるような、温かさや大きさを感じた。

最初に観たのは、だいぶ昔。『落葉』（'66年）のリバイバル上映だったと思う。話はすっかり忘れてしまったが、ワイン造りのシーンとか犬が懸命に追い駆けているシーンとか「野趣あふれるヨーロッパ」といった感じの映画で、グルジアという国名が頭に刻み込まれた。

その監督の新作映画がリアルタイムで続々と観られるようになったのは一九九〇年代末から（ってことは監督が六十代に入ってから？）。『素敵な歌と舟はゆく』（'99年）、『月曜日に乾杯！』（'02年）、『ここに幸あり』（'06年）、『汽車はふたたび故郷へ』（'10年）、『皆さま、ごきげんよう』（'15年）。

ノンキで、ユーモラスで、どこか牧歌的なところもあり、なおかつ辛辣で反体制的なところもあり……。今、生きている監督の中ではベスト5に完全に入る監督なのだった。私にとっては。

イオセリアーニ監督の作品はソ連支配下のグルジアでは公開禁止の憂き目にあったりしたので、監督は一九七九年にフランスに移住。

グルジア時代に撮られた『四月』（'61年）と『群盗、第七章』（'96年）も回顧上映で観たが、スマートでモダニズム趣味のところと、皮肉家の硬骨漢といったところ、両方、面白く伝わってくる映画だった。

――と、まあ、そんなわけで。グルジアという国には特別の興味、があるのだった。

ちょっと調べてみてビックリ。グルジアの文字ってマンガみたいなのよ。丸っこくて、かわいいのよ。そう言えばロシアの文字も面白いよね。アルファベットが裏返しになっているようだったり、欠けているようだったり。「お国柄」って、やっぱり愉しい。

＊

このところ家にこもって仕事をしているせいか、私自身はあんまり身にしみていないのだけれど、今年は記録的に寒い冬となった。

一月二十五日の新聞夕刊に出ていた日比谷公園の池の、鶴の形をした噴水の写真にビックリ。大きく広げた翼におびただしいツララ。

まるでプレスリーか越路吹雪がフリンジいっぱいの両袖を広げたかのよう。ゴージャスだった。

いっぽう草津の白根山が噴火。すぐそばにスキー場があり、訓練中の陸上自衛隊ヘリコプター隊所属の伊沢隆行さん（49歳）が噴石に直撃され、出血性ショックで亡くなった（他の七人の隊員は重軽傷）。

長年、スキーを楽しんできた身としては心おだやかではない。ゲレンデにいた人たちの恐怖や混乱をリアルに想像してしまう。突然、ビュンビュンと飛んで来る石や岩。身をひそ

鶴の噴水。写真を撮る人々。

める所もない雪原。「進退きわまった！」という感じ？

もしリフトに乗っていたら、まったくもって「打つ手なし」だよね……と思っていたら、あるTVニュース番組で、その時リフトに乗っていたという七人の話を伝えていた。全員、中国人（確か台湾と言っていたと思う）。

そうか、中国人客も名所観光とかショッピングよりも趣味とかレジャー的な関心で来日するようになったのね……いつの間に？　私や友人たちがよく行っていた越後湯沢のゲレンデも中国語が飛び交うようになっているのかしら……と、たちまちノンキな感想に。

ニュースでは「都心は48年ぶりに零下４度」と伝えていた。気象庁によると、都心で零下四度を記録したのは、一九七〇年以来だという。

十数年前だったが、エストニアに行った時のことを思い出す。冬だった。夜の街に繰り出した時は、確か零下十二度だった。足先から腰、そして上体へと硬く、凍結（フリーズ）してゆく感じが確かにあった。レストランに入ると、今度は逆に上のほうから下のほうへと「解凍」されてゆくのだった。

（２０１８年２月18日号）

◉ハリウッド・スキャンダル？◉おすすめ最新映画

二月三日の『毎日新聞』夕刊に「ナタリー・ウッドさん水死　元夫を『重要参考人』」という見出しの記事あり。そこには若き日のナタリー・ウッドとロバート・ワグナーが幸せいっぱいに抱き合っている写真が……。

若き日のナタリー・ウッドとロバート・ワグナー・

エッ!?と驚きつつ記事を読むと——ナタリー・ウッドは一九八一年に四十三歳で水死したのだが（ヨットに乗っていて行方不明に。翌日、水死体で発見された）、ロサンゼルス郡の捜査当局は、新たな目撃者の証言が得られ「不審死」とみて調べていて、当時は夫だったロバート・ワグナーを「重要参考人」とみて事情聴取を求めているのだが、ワグナーは拒んでいる……という話。

何しろ三十七年も前のこと。ロバート・ワグナーはもう八十八歳（!）になっている。ナタリー・ウッドとは二度にわたって結婚という珍しいカップルだったのよね（ワグナーは彼女の死から十年後、美人女優のジル・セント・ジョンと結婚。現在に至っている）。

ロバート・ワグナーは八十代になっても現役。TVドラマなどに出演しているらしい。いわば功なり名遂げ、そろそろ人生の幕をおろそうかという老境に、突然、「大過去」が牙をむいて襲いかかって来た——といった感じでは？　何だかTV番組の「ヒッチコック劇場」にありそうな話みたい!?　なあんて面白がっちゃあいけないよね、私。目撃者（と称する人）が三十七年間も黙っていたというのも妙……。

うーん……気になる。

それにしてもナタリー・ウッド、懐かしいなあ。

ジェームズ・ディーンと共演した『理由なき反抗』（'55年）は、私はまだ子どもで、のちにリバイバル上映で観たのだが、『ウエスト・サイド物語』（'61年）は高一の時、リアルタイムで観て興奮

（確か有楽町の丸の内ピカデリー）。学校の階段に私が立ち、踊り場に友人が立ち、互いに「マリーア、マリーア」「トニー、トニー」と、せつなげな表情で手をさしのべつつ叫ぶ——という遊び（映画の一シーンのマネ）をして、はしゃいだりして。クラスメートのTさんは「十一回も観た」というので尊敬していた。世間ではジョージ・チャキリスが大人気だったけれど、私は細長いタッカー・スミスが歌い踊る姿にシビレていた。

同じ一九六一年の『草原の輝き』では、ナタリー・ウッドは保守的な性モラルに苦しむ清純女子高生を好演。教室でワーズワースの詩を朗読しながら感情が暴発して泣くシーンが印象的——と思いつつ、恋人役のウォーレン・ベイティの妙なかわいらしさに目を見張ったりして。女子高の私が一番うらやましく思ったのは、校内の廊下を二人が恋人然として練り歩く場面！　学校の廊下が恋の花道に！

というわけで、ナタリー・ウッドは憧れの的だったのよ。今にして思えば、彼女自身にではなく、演じた役柄のほうに憧れていたような気もするのだけれど。

などと書いていたらキリが無い。とにかく今回のロバート・ワグナー「重要参考人」問題に興味津々。はたして「ハリウッド・スキャンダル」になるのかどうか。続報が待たれる。

＊

ついでに、と言ったらナンだが、今週は映画の話に限定して書こう。

昭和映画史の中では、黒澤明、小津安二郎に次いで邦画マニアの間で人気が高いのは成瀬巳喜男監督ではないだろうか。黒澤も小津も女を描くのはあんまり得意ではなくて、よくも悪くも「男から見た女だよねー」という感じがあるのだけれど、成瀬監督は女を描くのが巧いと思う。

その最高傑作は、やっぱり『浮雲』（'55年）でしょう。男と女の一大〝腐れ縁〟映画。森雅之と高峰秀子という不敵な演者を得て、奥ゆきの深い傑作になった。

先日、たまたま知人が『くちづけ』（'55年）というタイトルのDVDを送ってきてくれた。珍しく監督三人による三話で構成された、いわゆるオムニバス形式の映画。

それぞれ面白く観たが（何しろ懐かしのスターたちが大挙出演。笠智衆も小林桂樹も高峰秀子も……）、一番面白かったのは、第三話――やっぱり成瀬監督の『女同士』。

町医者の金田（上原謙。中年期のこのスターのノーブルさは他のスターもマネしようが無い）、その妻（高峰秀子）が住む家に、キヨ子という看護婦（中村メイコ、若い！）が住み込みで働いていて、ひそかに金田に恋している。それを妻が知って、何とか穏便にキヨ子を失恋させようと画策する……という話。クスッと笑わせるところも、いろいろあり。

もちろん、昭和二十年代末の一般家庭のインテリア（和室中心＋応接間としての洋室）、ファッション、街並みなど懐かしく愉しい。

住宅街では、まだ道路は舗装されていなくて土のままだったり、砂利が敷いてあるくらいだったり。スーパーはまだ一般的ではなく、八百屋、魚屋、クリーニング屋など、一目で何を扱っているのかわかる外観だったり。くつろいだ場面では靴ではなくゲタだったり。商店以外で電話のある家は珍しかったり。

何だか昭和二十年代末の、今よりずうっと、じかに「自然」と折り合って暮らしていた時代が、不便ではあったけれど、生活実感の豊かな時代だったように思える。

なあんて言いながら、昔の映画を自宅で好きな時間にＤＶＤという形で観ることができるのも今の時代ならではなのだった。文明の進歩のおかげなのだった……。

さて。今の映画にも波があって、傑作や快作が続々と公開される時と、あんまりパッとしない映画が続く時というのがあるのだけれど、これからしばらく、比較的に「いい波」。

●まず、アメリカ映画『**グレイテスト・ショーマン**』（マイケル・グレイシー監督）。十九世紀半ばのアメリカで、今で言うサーカスを考案し、興行師として大成功したＰ・Ｔ・バーナムを主人公とする物語。
とにかくハデ。サーカスの歴史のダークサイドに関しては深くは突っ込まず、ショー・アップに徹している。主役のバーナムを演じるヒュー・ジャックマンが歌い踊り、芸達者なところを見せる。意外にも（？）脇の〝美形〟ザック・エフロンも。見た目だけじゃあない、やっぱり本格的に芸が無いとハリウッドでは通用しないのだ――と、あらためて実感。

●アメリカ映画『**ビッグ・シック**』（マイケル・ショウウォルター監督）。
パキスタンで生まれシカゴで育ち、コメディアンになった男が、きっすいのアメリカ娘と愛し合うようになるのだが、男の両親はパキスタン娘との見合いをガンガンぶつけてくる……という話。実体験にもとづく話だという。

主人公の顔が（私の好みからすると）くどすぎてゲンナリだが、話は面白い。クスクス笑いを誘うところ、たっぷり。

●アメリカ映画『**ビガイルド**』（ソフィア・コッポラ監督）。クリント・イーストウッド主演の『白い肌の異常な夜』（'71年）のリメーク。いやー、やっぱりエル・ファニングがいいわ。見た目も演技も。今一番イキオイのある女優では？

（2018年2月25日号）

◉謎の仮面◉セレブの街？

平昌(ピョンチャン)冬季五輪が幕を開けた。これを書いている今は開会式を観たばかり。

いやー、案の定、韓国と統一旗を掲げて合同入場した北朝鮮が思う存分、「らしさ」を発揮。異彩を放っていた。

北朝鮮の美女軍団。シュール。

何と言っても応援席の美女軍団。赤の制服スーツで笑みを絶やさず。ヘアスタイルも化粧も、以前に比べるとだいぶ進化している。

やっぱり絵柄的に「若い美女」というのはアピール力が最強なんですね。フェミニズムの人が何と言おうと。あたかもカメラの本能のごとく、各メディアのレンズは彼女たちに吸い寄せられていく。若くてキレイ（なおかつ従順）、それだけで特権が得られるという、ミもフタもない真実。ムキダシのホンネ――。

などと苦笑しながら観ていると、美女応援団は、いっせいに若い男子の顔をかたちどった仮面のような物を取り出し、顔に当てた。のっぺりしたハンサム顔だけに、かえって不気味。ギョッとさせる。何なの、何なの、これ!?

TVでは若き日の金日成（キムイルソン）（今の最高指導者・金正恩（ジョンウン）の祖父。北朝鮮建国の祖）の顔ではないか!?と言っていたが。仮面仕立てというところが、いかにも北朝鮮らしく意表をつく。とにかく徹底した個性無視。偶像賛美の全体主義……。不気味であると同時に、シュールなおかしみも。

とまあ、そんな見どころもあったし、今回の開会式を賛美する識者もいたのだけれど、私はあんまり楽しめなかった。一番の理由は開会式時間が夜に設定されていたから。やっぱり明るい白銀の中でのセレモニーであってほしかった（欧米のTV局では時差の関係で夜間の中継ということになり、視聴率がさがるので、あえて現地夜間の開会式にしたという）。

韓国と北朝鮮。南北統一の願いをこめての合同入場、合同チームだけれど、ホンネとしてはどうなんだろう。米ソ冷戦下、三十八度線で南北に分断されて、もう六十年以上経っているのだ。その間に経済格差は大きく広がった。北を後押ししていたソ連も、とっくの昔に崩壊したしね。社会主義国のはずだった北朝鮮は風変わりな王朝国家になった。万が一（？）統一された場合、韓国は北朝鮮の核兵器をどう扱うのだろう……と疑問いろいろ。

冬季オリンピックは、何しろ寒いから、開会式のファッションもおのずからダウンの上下ということになり、似たり寄ったり。「お国柄」を見るのが楽しみの私としては、ちょっと張り合いが無い。その中で、トンガの旗手がオイル塗りまくりのハダカに赤と黒のフリンジ状の腰ミノ（？）をつけ、草履状の履物で登場したのには目を見張った。ヘアスタイルも顔だちも、なかなかナイスな選手だったしね。こういうお調子者は、いてくれないと困る。

そうそう。今回、北朝鮮のトップである金正恩の妹で金与正（ヨジョン）という人が、さかんにカメラの前に登場したのでビックリ。なかなか清潔感のある整った顔だちで、笑顔を見せていた。くどいようですが、女の（できれば若い美女の）笑顔って格別のパワーがあるものですよねえ。なぜなんだか理由はよくわからないけれど（「産む性」ゆえの？）、「平和」「協調」「愛」というメッセージ性がある。金正恩が、にわかに妹を国際舞台に送り出して来た意図って何なんだろう。気になる。

＊

さて、一転してドメスティックな話――。東京の中央区銀座に泰明（たいめい）小学校というのがある。設立されたのは明治十一（一八七八）年という古い小学校で、古くは作家の島崎藤村や北村透谷、のちには銀座和光の隣の天プラ屋の子で昭和の「タレント教授」だった池田彌三郎、おでん屋「お多幸」の子だった怪優・殿山泰司、築地市場の仲卸業を営む家の子で市川崑監督や今村昌平監督に愛された俳優・加藤武、日本画家・伊東深水の子の女優・朝丘雪路、私の大好きな作家・小沢信男（この夏、九十一歳！）などを輩出している。

ちなみに私立ではなく公立の小学校だ。本来は庶民性もたっぷり。

その泰明小学校に思いがけない騒動が。校長が学校側の総意として、今年四月に入学する一年生に対してアルマーニの標準服に変更すると発表したのだ。従来の標準服は二万円以下だったのに、アルマーニとなると四万円から八万円くらい――ということもあって、保護者サイドから疑問や批判の声が出てきた。銀座にある有名小学校のせいか、メディアは大きく、この一件に注目。校長はTVカメラも入った報道陣に向かって会見を開くという騒ぎに。

TV画面に映し出された校長の風貌もいでたちも、私の期待を裏切るものだった。ギラギラとしたブランド野郎が出てくるのを、ある意味、期待したのだが（ケチつけて、からかってやろう的な悪意によるもの）、妙にハネあがった乱れ髪ぐらいしかツッコミどころの無い、ひたすら地味なフツーの人だった。ちょっとガッカリ。こういうフツーの人でも、若かりし日に海外ブランド・ブームを羨望の目で見ていたのかもしれないなあ……という感想しか浮かんで来ない。

泰明小の子どもたちとは、よくバスでいっしょになるのだけれど（越境入学が多いようだ）、今の制服制帽のままでも、校名が刺繍されていたりして、泰明小の子だというのはアピールできていると思う。小学生はどんどん体格が変化する時期。アルマーニにする必要はまったくナシ。

ところが。TV番組の街頭インタビューで、中年のロングヘアの女の人が「銀座はセレブの街だから、アルマーニの制服、いいんじゃないの?」とコメントしていたので、私は「エッ!?」と軽く驚いた。

銀座には確かに海外有名ブランド店が並んでいるけれど、私は、「セレブの街」と感じたことは無かったので。私が「銀座はいいなあ」と思っているポイントは、少しズレていて、銀座という街の奥に職人性といったようなものを感じているからだと思う。

もう三十年くらい昔になるけれど、私がキモノ熱に浮かされていた頃、銀座の履物店のオジサン店員はチラッと私の足もと（靴）を見ただけでピッタリと足のサイズと癖を言い当てた（この店は、今は移転し、小さな店に）。

細い路地にある小さな和紙細工の店は白髪のジイサンが一人で日本各地の職人仕事による雑貨（便箋や千代紙や小箱など）を商っている。

表通りの帽子店やステッキ店や喫煙具専門店など、女の私には縁は無いが、職人仕事の老舗が並んでいるところも銀座ならでは。「セレブの街」というより、もっと質実な魅力がある街だ（そうあっていてほしい）と私は思う。

それにしても……近ごろやけに銀座の変化が激しくなっているような気がする。

昭和風味のユニークなキャバレーだった「白いばら」も、そのすぐ近くにあった居心地のいい喫茶店「どんパ」も一カ月ほど前に姿を消してしまった！　「どんパ」は結構、客の入りもいいように思っていたけれど、高い地代に耐え切れなくての閉店という噂。

銀座を「セレブの街」にしようという、（私に言わせれば）悪の勢力が蠢いている感じがする。

（２０１８年３月４日号）

◉金メダルの二人◉まぼろしの画家◉愛犬本二冊

平昌五輪、羽生結弦選手（フィギュア）と小平奈緒選手（スピードスケート）の金メダル獲得でメディアは騒然。私もこの二人には心打たれたので、ガツガツとＴＶを観たり新聞を読んだりしている。何度観ても飽きないですね。今のところ。

羽生が切り札に使ったのは、やっぱり「ＳＥＩＭＥＩ」。これ、ほんとうにベストだと思う。陰陽師、安倍晴明をテーマにしたこの曲、紫を利かした衣裳（そして黒の手袋！）とあいまって、羽生の怜悧な美しさばかりではなく妖しさまで引き出している。東洋の、日本の、少年美ここにあり！てなものだ（笑うとマンガみたいに幼いカワイイ顔に激変するところも好き）。

二度ほど体勢を崩したものの転倒はせずフィニッシュ。「やり切った！」という表情で、右足首に触れ、氷に手を当てた。のちに羽生が語るところによると、痛み止め注射までしていた右足がよく頑張ってくれた、という感謝からだったという。ふと、「冬五輪／羽生結弦と／いふ奇跡」というフレーズが。偶然、五七五。

会場、大歓声。圧倒的に女、女、女。涙、涙、涙。いやー、私もそこに交ざりたかったですよ！私、かねがね思っていることなんですが、羽生選手のご両親って絶対に表には出ることが無いみたいね。メディアとの間に一線を置いているかのよう。それが結局、息子を守ることになると考えているかのよう……。そんな見識も私には好ましく感じられる。お願いだからメディアの皆さん、そっとしてやって。

正直言って、私は羽生選手が出るフィギュア以外の競技にはあんまり興味を持っていなかったのだけれど、スピードスケート女子500メートルの小平選手と韓国の李相花（イ・サンファ）選手のデッドヒートには興奮させられた。強敵を倒して金メダル獲得の小平選手は喜びを爆発させるかと思いきや、ちょっとバンザイをしたくらいで、そばで号泣している李選手をハグしていた。

小平選手、いい人だなあ、偉い人だなあ……と感心すると共に、私の大好きな好敵手物語（ライバル同士にしかわかり合えない感情の交流）の一コマを見たかのようで、つい目頭（めがしら）熱くなったりして。

技術ばかりでなく美感もたっぷり。羽生結弦。

何度か書いて来たように、私は喫茶店病。外出したら必ずと言っていい程、喫茶店に寄らずにはいられない。コーヒーが好きだからというのもあるが、人気(ひとけ)のある所で、ボンヤリと脱力し、店の雰囲気とか人びとの様子とかを味わうのが好きらしい。日によってはハシゴしてしまうこともある。この病気は大学時代から発症した。

いい喫茶店がある町は、いい町。無い町はイヤな町――という価値観。私の好みは、いわゆるスタバ系みたいな画一的で効率的で今風のものではなく、基本的に個人経営で長居しても厭(いや)がらない昔ながらの喫茶店だ（ダサくてもOK）。

そんなわけで、もう十年ほど前だったか、『琥珀色の記憶――時代を彩った喫茶店』（奥原哲志著、河出書房新社）という写真たっぷりの本を買った。

おもに一九六〇年代から七〇年代。新宿にあった（今でもある店も）喫茶店の数かず。最高に渋くてカッコよかった「茶房青蛾」や当時の文化人たちのサロンと化していた「風月堂」（'69年の映画『薔薇の葬列』にも記録されている）や、名曲喫茶「らんぶる」など。早大のそばにあった「茶房　早稲田文庫」まで詳細に紹介されている。思い出がかきたてられて、ほんと、愛着の一冊です。

さて、その本の中に、ずうっと気になっている絵がある。堀潔という水彩画家が描いた「新宿喫茶店街」（'40年）、「フランス屋敷」（'33年）と題された二枚の絵。モノクロページなので色はわからないのがもどかしいのだけれど、私は一目見てアッ！と驚いた。郷愁とか既視感とかデジャブとかいうような感覚が鋭く強く湧いたからだ。「私、この風景、知っているような気がする」「私、ここにいたような気がする」……。私が生まれる何年も前に描かれた絵なので、ありえないことなのだけれど。

その後、時どき、この絵のページを開くようになったのだけれど、そのたびにやっぱりデジャブ気分に襲われるのだ。

原画を見てみたいという気持がつのり、先日、その絵が所蔵されている新宿歴史博物館を訪ねてみた。都営地下鉄新宿線「曙橋」下車、徒歩八分。

結論から言うと、堀潔の二枚の絵は見られなかった。展示はされていなくて館内のどこかに所蔵されているらしかった。売店を見ても絵ハガキや画集の類いも無かった。ガッカリ。

それでも新宿の歴史に触れられて面白かった。昭和初期の新宿の民家のセットや当時の東京市電の車両の実物まであるのよ。入場料たった三百円で見どころたっぷり。『**新宿風景——明治・大正・昭和の記憶**』というズシリと重い写真集（一〇〇〇円）を買って帰路に。これがまた興味津々の写真の数かずで……。あらためて東京という街を見直す気分になった。

＊

何度も書いていてクドイが、私は犬が好き（犬種は限定されるが）。好みの犬種が出て来る映画だと、それだけで見方が甘くなってしまう。気をつけなくてはと自戒している。

表紙カバーの犬の写真に惹かれて手に取った『秋田犬』（宮沢輝夫著、文春新書）。面白くてスイスイ、一気に読まされた。

プーチン大統領やキャロライン・ケネディ元駐日米大使や〝奇跡の人〟ヘレン・ケラーといった人びとの秋田犬に対する熱愛ぶりのエピソードも面白く誇らしく感じたし、純粋な秋田犬の特性や、それを守る努力の数かずなど、案外、初めて知ることが多かった。

しかし何と言っても後半三分の一のボリュームで語られる「忠犬ハチ公」にまつわる綿密詳細な話が一番の読みどころ。何しろリチャード・ギア主演の映画『HACHI 約束の犬』（'09年、犬好きのラッセ・ハルストレム監督）で世界的にも有名になって、ロケ地になった町の旧駅舎前には、ハチ公像（渋谷のハチ公像に似たもの）も建てられているというほど。

ハチ公の写真が何枚も紹介されているのも嬉しい。

もう一冊。こちらも銅像がらみの愛犬話。**『西郷隆盛はなぜ犬を連れているのか——西郷どん愛犬史』**（仁科邦男著、草思社）。

上野公園の西郷隆盛像は犬連れだが、実際、西郷どんはかなりの愛犬家（狩りの仲間としての犬）だった。鹿児島でも京都でも複数の犬を飼っていた（最高十三匹！）。

西郷どんの人柄ばかりではなく、政治情勢の中での動き、そして西南戦争での非業の死に至るまでも克明に追ってゆく。

上野の西郷隆盛像は高村光雲、犬は後藤貞行の手によるもので「日本で最初の犬連れ銅像」となった。犬連れなんて、と当初は批判を浴びたという。

著者は『犬の伊勢参り』をはじめ犬にまつわる著作が続く人。はい、元『サンデー毎日』編集部の記者です。


（2018年3月11日号）

2018年2月

◉女たちの五輪◉得がたい風貌◉兜太死す

平昌の冬季五輪が終わった。今日（2月26日）のTVのワイドショーは日本選手団の帰国場面一色。

空港には選手たちを歓迎するファンたちがギッシリと詰めかけていた。これがもう女女女（背が高い男たちは前のほうを女にゆずったのかもしれないが）。TV画面は女一色。会社を休んで来たというOL。何時間も前から来て場所取りした人もいるという。

そうそうに羽生結弦登場。大歓声。いっせいにスマホがさし出される。ロープで仕切られた空間は、まさに「花道」と化した。歌舞伎の世界でいう「お練り」という言葉も浮かぶ。

今回の冬季五輪のTV視聴率は自国開催だった長野五輪（'98年）を上回る高視聴率（夜間のNHK）だったそうで、それには羽生選手人気の高さが大きく貢献した。

スポーツ、とりわけ冬季のスポーツにあんまり関心の無い人たち（とりわけ女の人たち）にまで羽生結弦は関心の的になったのだ。スポーツという枠だけにおさまらない、何か――芸術性とか芸能性というものを強く感じて。

少なくとも私はそう。羽生選手の身体が氷上に描き出す線の美しさ。繊細優美であると同時に強靱。なおかつ、ミーハーの私としてはここが大事だが、白皙の美少年（二十三歳だが）。ついつい芸能・芸術的視線になってしまうのも無理はないでしょう。頭も人柄もよさそうだしね。頼もしい。

小平奈緒（スピードスケート。凜々しいという言葉は女にも通用するのね）、髙木菜那・美帆姉妹（スピードスケート）、カーリングの五人……なんだか今回の冬季五輪は女子の活躍ぶりが目立った。見ごたえもあった。みんなオシャレな雰囲気もあって、かわいいしね。カーリングの「そだねー」という言葉が関心を引いたように、女ならではの柔らかい感触のチームワークぶりもしのばれて楽しかった。

＊

そんな中で（冬のさなかだからか）思いがけない訃報があいついだ。

二月二十一日。北野武映画では欠かせない俳優だった**大杉漣さんが急性心不全で急逝**。六十六歳。その日はずうっと何の予兆も無く、演技し、食事をし……深夜、突然に腹痛を訴え、病院にかつぎ込まれた時は、もう、手のほどこしようが無いという状態だったという。そういうことってあるんですねえ……。

得がたい俳優・大杉漣。

いい人だったらしいから、部屋に一人になって腹痛に襲われるまで、そうとうガマンしたのではないか。それでも「これはナミの腹痛ではない」と感じたあげくの訴えだったのではないか。そんな想像をしてしまい、胸が痛む。

三日後のTBS『ニュースキャスター』では、ビートたけしが、北野映画の盟友とでもいうべき存在だった大杉漣さんを追悼。二人の出会いについて語っていたのが印象的だった。

2018年2月

『ソナチネ』の俳優オーディションに大杉漣は遅刻してやって来たのだけれど、パッと見て、この人と感じたのだそうだ。以来、常連に。やっぱり、どこがどうというのではなく、全体の「風貌」というものがそう直観させたのだろう。

「風貌」って男性名詞ですよね。女に対してはめったに使われない。やっぱり北野武という監督、男の「風貌」に関しては黒澤明、小津安二郎なみに鋭敏。女の「風貌」に関してはどうだかわからないが。

とにかく大杉漣という得がたい俳優を失ってしまった。アッという間に。

さらに三日後には、左とん平さんの訃報が。昨年、急性心筋梗塞（こうそく）の手術を受けて病院で闘病生活を送っていたという。八十歳。

私、何となく好きだったな。ユーモラスだけれど押しつけがましくなくて。サラッとしていて。「とん平」という芸名がピッタリのコロッとした外見だけれど、微妙な色気（のようなもの）もあって。

今回、初めて知ったのだけれど、左とん平さんは東京っ子で、若い頃は三木鶏郎の「冗談工房」に参加していたのね。基本に一種のスマートさを感じさせたのは、そうか、トリロー・グループ（永六輔、野坂昭如などを輩出）の空気を吸っていた人だからか、と納得。

左とん平。トリロー・グループだった。

＊

さて。二月二十日には俳人・金子兜太さんの訃報が。何しろ大正八（一九一九）年生まれ。九十八歳という大往生。ギリギリまで現役の俳人として、また新聞俳句欄の選者として活躍されていた。句作を始めたのは、八十年ほど前、旧制水戸高等学校在学中からだったという。東京帝国大学経済学部を卒業し、日本銀行に就職。時あたかも戦時中で、海軍経理学校に入校した後、海軍主計中尉になり、トラック島へ（というのはバリバリのエリートということですよね）。

そのトラック島では餓死者あいつぐ、まさに地獄を見、自身も命からがらの体験をして、敗戦から一年三カ月後にようやっと帰国——という辛酸もなめている人なのだった。

——といったプロフィルを私が知ったのはほんの数年前のこと。兜太の兜という字もトウと読めず、何となくカイタと読んでいた。

もう三十年近く前になるけれど、高校時代からの親友K子が俳句に興味を持つようになり、ある結社に参加するようになった。それもあって、共通の友人たち数名でシロウト句会を始めるようになった。基本的に女三人、男四人といった顔ぶれ。いちおうK子が宗匠格。月に一回、新橋の小料理屋の二階の和室にて。

K子以外はまったくシロウトだから、お話にならない。「笑う他無し」という句ばかり。いい気晴らしにはなった。それでも、たまにはK子にホメられたいという気持はあって、俳句関連の本をほんの二、三冊読んでみたら、その中に金子兜太さんの、

暗黒や関東平野に火事一つ

というのがあって、エッ!?と目を見張った。暗黒、関東平野、火事。何だか強烈で思い切った大きな句だなあ、と。

のちに兜太はトウタと読むこと、埼玉県小川町生まれで、秩父育ちであること。一時期、浦和（私の出身地）にも住んでいたことを知って、にわかに親しみを感じたりもして。

親しい編集者A君も兜太さんの俳句ばかりではなく人柄も慕っていたし……。

もっかオランダに在住のK子に金子兜太さんの訃報についてメールしたら、すでにネットで知っていた。

K子とは毎週末にメールで七句を送り合い、選評しあう――という二人きりのメール句会をするようになって二、三年経つ（毎回の酷評に耐えつつ）。何の考えもなく、ただもう追悼という気持だけで、

暗黒や関東平野に兜太死す

というのを作ったら、意外にもK子からは、おほめのメールあり。ビックリ。私もだんだん、いい句のように思えて来た……？

（2018年3月18日号）

コンピュータの進化はすごいイキオイで世の中を変えている。ライフスタイルにしても街の姿にしても。例えば「自動運転」なんていうのも現実性をもって語られるようになった。これを知って私がまっさきに思ったことは、「エッ⁉それじゃあタクシー運転手はいらなくなるわけ？」っていうこと。

「キャッシュレス社会」というのも現実みを帯びてきたようだ。「ってことは、レジ係はいらなくなるわけ？　客が自分でカードで精算するのだから。店員はたんなる見張り役？」と思う。便利のようだけれど、ちょっと味気ない。各種ロボットが人間の代用になりそうなので、当然、職を失う人たちも多くなるだろう。効率はいいんだろうが、味気ない。

パソコン相手の仕事に切り替わってゆくわけで、そうなると在宅勤務でOKということにもなるだろう。通勤風景もガラリと変わってゆくだろう。「街」という概念が消失するかもしれないなあ。

昭和の昔、手塚治虫が描いた未来風景はカッコよくて惹かれたけれど、実際には、都会も郊外も無い、よく似た町が全国に広がってゆくだけなのかも？

2018年2月

2018年3月

父母(ちちはは)の昭和は遠し雛あられ

◉アカデミー・ナイト◉好みの問題◉風貌の人

さあ原稿書きだ！と机に向かったとたん、TVのワイドショーの画面に、私のヒイキ女優であるフランシス・マクドーマンドが映ったので、「エッ!?」と手をとめた。

前日のアカデミー賞授賞式で獲得した主演女優賞のオスカー像をめぐって盗難事件があったというのだ。犯人はすでに逮捕されていた。犯人がオスカー像を持って得意げにしている映像も流されていた（友人にスマホか何かで撮ってもらったのか？）。とんだお調子者――。

さて、気を取り直して本題に。昨夜（3月5日）は友人宅に集まって、飲み食いしながら、九時から三時間余り、**アカデミー賞授賞式**をウォッチング。友人たちの中にはWOWOWの朝の中継を観ていて、結果を知っている人もいたけれど、寝坊の私は観ていない。

だから、フランシス・マクドーマンドの『スリー・ビルボード』における主演女優賞受賞は嬉しかった。

今やアメリカ映画界を背負って立つかのごとき存在になったコーエン兄弟監督（ジョエル＋イーサン）の映画に続々と出演していて、兄のジョエルと結婚したのよね。コーエン兄弟はユダヤ系だが、フランシス・マクドーマンドは苗字からしてアイルランド系では？

細長くゴツイ顔で、美人とはとうてい言えない。基本的に

主演女優賞のフランシス・マクドーマンド。（ロイター）

脇役顔。でも、その男っぽい顔が今回の堂々の主演作『スリー・ビルボード』（マーティン・マクドナー監督・脚本）では大いに効果をあげた。

娘をレイプし、殺した犯人を検挙するために、時に警察とも敵対するほど強い復讐心に燃えて独走してゆく、一種のアウトロー的母親像をみごとに演じ切った。

私、なんか好きなんですよね、このゴツイ顔したおばさん女優が。逞しさや強さばかりではなく、ユーモアや茶目っ気も感じさせる。

そうそう……このアカデミー賞に先行するゴールデングローブ賞授賞式では人気女優たちが芸能界におけるセクシュアル・ハラスメントに抗議して、多くの女優が黒のドレスを着て列席するという騒ぎがあった。

私や女友だちは「それって世間へのアピール効果はあるかもしれないけど、ファッション・チェックを楽しみにしている私たちにとっては面白くも何ともないよね、スターはスターらしく華やかなファッションで楽しませてくれるほうが、よっぽどありがたいよね」なんて言い合っていたのだった。

今回のアカデミー賞、黒ドレスがための女たち——というふうにはならないですんで、ホッとした（黒ドレスの一件が報道されていた頃、フランシス・マクドーマンドはイギリスのアカデミー賞に出席していたが、写真で見るとカラフルな楽しいドレスだった）。

だからと言ってフランシス・マクドーマンドは保守反動の人というのではない。受賞スピーチの中で、他の女性候補者たちに向かって、「立って」と促し、敬意を表していた。そうして「女だからこそ語りたい物語もある」……と、映画作りにおける女たちの憤懣や希望についても触れていた。

2018年3月

これにはマッカなドレスで前列中央にハリウッド映画界の今や「皇太后」然と座っていたメリル・ストリープも立ち上がって「よくぞ言ってくれた」とばかりの笑顔で拍手。結構、美しい瞬間になった。

なんだか今回のオスカー・ナイト、男たちの影は薄く、女たちの強さのほうが印象に残るのだった。

＊

今回のアカデミー賞では『シェイプ・オブ・ウォーター』が四部門（作品賞・監督賞・美術賞・作曲賞）を制覇した。

米ソ冷戦時代（一九六〇年代前半）を背景に、アマゾン奥地で捕獲された半魚人（？）と声を出せない障害を持つ女の恋（のようなもの）を軸にしたダーク・ファンタジー。

とてもよく出来ていて、一九三〇年代から五〇年代にかけてのアメリカ映画に対する敬愛もヒシヒシと伝わって来る映画で、オスカー獲得は当然だ……と思いつつ、正直言って、私はこの映画にイマイチ入り込めないところもあったのだ。

まったく、百パーセント、好みの問題。好きな場面はいろいろあるのだけれど、全体にかすかに流れるある種の重さや泥臭さが気になってしまったのだ。それはたぶん、私が三〇～五〇年代のアメリカ製ミュージカル映画の明快さや軽薄美に洗脳されてしまった人間だからだろう。

そうそう。今回のアカデミー賞授賞式では特別ゲストとしてリタ・モレノ八十六歳が登場した。

それこそ六〇年代初頭のアメリカの明快さやイキオイを象徴するようなミュージカル映画『ウエスト・サイド物語』（'61年）に準主役級で歌い踊っていた人。役柄そのままプエルトリコ出身の人だった。八十六歳になっても背筋はシャンと伸びていて六十代くらいにしか見えなかった。

『ウエスト・サイド物語』は懐かしい。級友と学校の階段で「トニー、トニー」「マリーア、マリーア」と呼び合うラブシーン（という程ではないが）ごっこをして笑い合ったのを思い出す。

＊

腑に落ちなかったのは昨年九月に九十一歳で亡くなったハリー・ディーン・スタントンの最後の映画『ラッキー』（ジョン・キャロル・リンチ監督）が各部門でノミネートもされなかったこと。

この映画、ぜひご覧になるようおすすめします。私にとっては、もっかベストワン。地味だけれどねー、ドラマティックなところもないけどねー、胸にしみるのよー。この映画の世界を胸いっぱいに抱きしめたい気持に駆られるのよー。

ひとことで言えば「ジジイ映画」ですかね。小さな田舎町で一人暮らしをしている九十歳のラッキー（ハリー・ディーン・スタントン！）は規則正しい老後の日々を送っている。無神論者で、体には悪いところもみつからない。コーヒー、タバコ、酒を愛し、日課のごとく行きつけのダイナーに行って仲間とムダ話をたたいている（その仲間の一人としてデビ

ハリー・ディーン・スタントン。シブイ！

ッド・リンチ監督が出演！）。このムダ話シーンが、面白い。

そんなラッキーも、親友の急死にショックを受け、さすがに「死」ということを考える。自分が生きて来た道のりの中でおかした罪深い行動（他人にとってはたいしたことでは無いのだが）も思い出される。ラッキーは人柄は変わらないまま哲学者になったかのよう。歳をとると、いやおうもなく哲学せずにはいられないものかも。「すべては無」と考えたラッキーは、仲間に「無ならどうする？」と聞かれ……とっても素敵なヒトコトで答えるのだった。そのヒトコトというのは、ここでは書かないほうがいいだろう。

街角を、原野を歩くハリー・ディーン・スタントンの姿に、『パリ、テキサス』（'84年、ヴィム・ヴェンダース監督）における放浪シーンが懐かしく重なる。

ラストシーンもいいんですよね。原野を歩き去るラッキー、手前のはしに一匹のリクガメ……。長い長い脇役生活の中で、他の人には代えられない独得の風貌や味わいを身につけるようになって大成したハリー・ディーン・スタントン。ほんと、味わい深いんですよ。好き！

（2018年3月25日号）

◉暴走万葉仮名◉憧れの職人◉さわやか師弟対決

ネットの時代に、私も奇特なほうだと思うが、新聞好き。『毎日新聞』と、もう一紙をとっている。

『毎日新聞』で必ず読むのが朝刊の「仲畑流万能川柳」欄。読者が投稿した川柳を、コピーライターの大御所である仲畑貴志さんが毎日、十八句を選び抜いて掲載している。最もすぐれた句は☺マークが付けられて冒頭に掲載される。

☺マークはついていなかったけれど、この数日間で私が好きだったのは、

どう見てもパンダの中には人がいる（東京　栗の実）
ＮＥＷＳって東西南北頭文字（大阪　吉田エミ子）
今はもう無いかも知れぬ星光る（桜川　今賀俊）

といった句。おかしみを狙ったものに限定されているわけではない。どんな感興のものでもＯＫなのだ。

当然のごとく常連投稿者もいて、たぶん、その中では「久喜　宮本佳則」さんが一番のスターなのでは？　確か本職はお医者さん。

さて、本日（3月11日）のその欄で私が笑いながら大きくうなずいたのは「川越　麦そよぐ」さん（この人も常連）の、

ホステスの名簿見るよな園名簿

――というもの。ほんと、凄いよね、今の子どもたちの名前って。

やたらと画数の多い漢字を並べて、強引に西洋風に読ませるんですよね。澪瑠（れいる）とか夢妃（むうあ）とか。読めないですよ、私なんかには。

実はこの名前、昨年起きた、父親による母子六人殺し事件の被害者たち（子どもたち）の名前で、ここに書くのも心苦しいのだけれど。

漢字の「意味」はまったく無視して、昔の暴走族の「夜露死苦」風にその字ヅラ（ハデでインパ

クトがあれば何でもいい）だけでつけた名前としか思えない。

私の旧友である呉智英はそういうネーミングを「暴走万葉仮名」と命名して、きびしく批判しているのだけどね。たぶん、彼および彼女たちは呉智英先生の本は読まないだろう。

まあ、そんなわけで、今の幼稚園や小学校の先生たちは困っているはずだ。生徒たちの中にスンナリ読める名前の子が少なくなっているのだから。いちいち難読名前にフリガナをして頭に叩き込まなくてはならない。

でも、そんなネーミング法も、もはや出尽くしたのでは？　おおぜいがやっていることなので、新鮮味を失ってきたのでは？　今後、どんな珍奇な方向に流れてゆくのだろう。楽しみだ（？）。

＊

テレビ東京系列の人気番組『和風総本家』は、番組アイドル犬「豆助」にも惹かれて、私も好んで観ているのだが、三月八日はスペシャル版の二大特集（①後継ぎはいますか？　②あこがれの職人さん）で、特に面白く興味深かった。

第一特集の後継ぎ問題では、タタミ職人が出て来て、「職人」を尊敬している私は早くもウルッと涙目になって観ていたのだが、第二特集には、宮大工として伝説的存在の西岡常一（つねかず）さん（一九九五年に八十六歳で亡くなった）の唯一の弟子だった小川三夫さん（一九四七年生まれ）が登場。

番組企画で、大工志願の若者三人（男子二名、女子一名。皆、十八歳前後）に、三日間だったかな、仕事の現場を見学させ、実技を試したりアドバイスをしたりしていた。

三人の若者たちは真剣。今どき大工に本気で憧れる子もいるんだなあ、と他人事ながら嬉しい。

あれは何年前だったか。TVでだったか映画でだったかも忘れてしまったのだが、西岡常一さんと、唯一の弟子の小川三夫さんの仕事ぶりを丹念に撮ったドキュメンタリー（過去の映像が多かった）を観た。

「木」という物を敬い、深く対話しているかのような姿に胸打たれ、その頃に出版された『木のいのち木のこころ』（西岡常一、小川三夫、塩野米松著　草思社）も興味深く読んだものです。

TV画面では、その小川三夫さんも今は白髪の、風格たっぷりの棟梁になっていた。

小川さんから弟子入り志願の若者三人にくだされた実技は唯一つ。「ノミを研いでみなさい」ということ。

職人にとっての道具はイノチのような物。木という「自然」と、職人という「人間」をつなぐ物。ノミ一つでも絶対におろそかにできないのだ。

彼らの研ぎ方を見て、小川さんは「こうなるまでやるんだよ」と穏やかに言って研いで見せた。研ぎ終わった時、ノミの先端は砥石にピッタリと密着して、手を離してもノミは砥石に斜めに立っていた。目を見張る三人。私も目を見張った。

うーん……何だか羨ましい気もした。道具を扱う職人は、こんなふうに目に見える形で自分の熟練度がわかり、一つの技をマスターすれば、さらに高度な技へと挑戦してゆけるけれど、私のような文筆業はどうなの？　目に見える形での判断は、しょうが無い。自分の心の中で、漠然と自信を持ったり失望したりするだけだ。

多くの職人は人間ではなく自然物を相手にしている。大工であれば木。何も言わない木というものを相手に、その属性を熟知し、それを受け入れ、それに従い、最大限に美しく生かしてゆく……。おのずから自然物に対して謙虚にならざるを得ない。

それ故にだろう、職人の中には、いい顔をした人が多い。独得の落ち着き、確信、謙虚さを感じさせるような、いい顔。

私が職人という存在を眩しく思うのは、そういう「物」に対する根本的な謙虚さや質実さだと思う。

それにひきかえ、私の所属する文筆業界は「物」や「自然」ではなく「人」が相手。けっこうハッタリもモノ言う世界ですからねえ。ハッタリも芸のうち、みたいな世界ですからねえ……と卑下しつつ、私はそういう軽薄さも決して嫌いではなく、面白がったりして。苦笑しながら、この業界を愛しているのだった。

＊

さて――と話は変わる。藤井聡太君十五歳の快進撃が止まらない。

将棋のことはほとんど知らない私でも、その名は知っている羽生善治さんに勝ったというのでヘエーッと驚いたのもつかのま、今度は十二歳からの師匠だった杉本昌隆七段と公式戦で初の対戦。「千日手」指し直しとやらでこれも勝った。

二人とも淡々。感情をむきだしにすることは無い。杉本七段という人、私はＴＶで初めて見たのだけれど、いかにも人柄がよくスマートな感じ。聡太君（なんて、ついナレナレしく呼んでしまう）は、いい先生についたんだなあと思った。

どの番組だったか忘れてしまったけれど、この師弟対決の結着がついた後、二人の動作が酷似していたと、その時の映像を流していた。

画面中央に盤があり、左に聡太君、右に杉本七段という構図。確かに同時に同じ動作をしているのだ。ほほえましい。二人とも淡々。

それにしても……十五歳の聡太君の平常心とか集中力って驚異的じゃあないですか？　対局の場にはTVや雑誌や新聞のカメラがギッシリと並んだそうだから。

あんな静かでかわいい顔して、将棋に関しては、とんでもなく強心臓になれるのね。それも才能のうち――なのね、きっと。

（2018年4月1日号）

◉忖度の国◉渾然として一如

連日連夜の森友報道。私はソファにふんぞり返ってTVを観ている。私なんかには縁の無いエリート中のエリート――財務官僚（昔だったら大蔵官僚ね）のトップの姿が見られるからだ。

佐川宣寿（のぶひさ）国税庁長官の登場にはエッ!?と意表をつかれた。細面の小柄で、メガネの奥の目は西川きよし？　映画だったらこのキャスティングは無いよね……。と思っていたら、すみやかに辞任。

変わって登場の太田充理財局長はいかにもキレモノ風だが、私としては、（エラソーに言うが）言葉づかいが気に入らない。

「――と思ってございます」「――と考えてございます」なあんて言うのだ。そんな日本語あるのか？「――と思っています」あるいは「――と考えております」と言うところじゃないの？　動詞に「ございます」をくっつけるのはヘンじゃないの？　何にでも「ございます」つければいいってもんじゃない。暑苦しいだけ。日本語にはちゃんと謙譲の言葉として「おります」というのがあるのに。なんでそちらを使わないんだ⁉

言葉の問題で言うと、昨年、この森友問題の当事者である籠池理事長（当時）がたびたび口にした「忖度（そんたく）」という言葉が一気に広まった。

死語同然だったこの言葉を二〇一七年の流行語にまでさせたのは籠池理事長の思いがけない功績となった。

まことに日本社会は忖度で成り立ち、動いているようなのだった。

国のトップにいる人の奥さんが、そのお嬢様育ちの無邪気さゆえ「森友学園、すばらしいわ、感動したわ」と洩らすと、ダダダ……と忖度の波は広がり、凄いいきおいで下へ下へと流れてゆくのだった。その間には強引なツジツマ合わせも伴いつつ……。ちなみに英語で「忖度」に該当する言葉は無いようだ。

森友問題が浮上した頃、私は籠池理事長の顔を見て、「ナイツの塙（はなわ）に似ている」と書いたが、訂正しておきたい。顔立ちは似ていても人相は全然別なのよね。私、塙の人相は好きだけれど、籠池理事長（と、奥方）の人相にはなじめない。べつだん、私に愛されなくても構わないだろうが。

*

犬好きなのにペット厳禁のマンションにもう三十年くらい住んでいて（何かと便利で引っ越しできず）、犬が飼えないのが悲しい——という話は以前に書いた。

先日、銀座のソニーのショールームに寄って、「あくまで念のため」という気持で、ペット・ロボット「ａｉｂｏ」を見てみた。

いやー、実物、思ってた以上にかわいいのよ。動きは少々ぎこちないとはいえ、犬の動きのいろいろを巧くとらえている。ちゃんと目も動いて視線が合ったりするし、触ってみれば、ぬくもりもあるし。鳴き声にもバリエーションがあるし。ついつい、顔がほころんでしまうのだった。そばでいっしょに見ている中国人客（みんな、やっぱり笑顔になっている）に対して、「どうだ、日本はこんな凄い物まで作っているんだ！」と誇らしい気持も。

お値段はザッと三十万円くらい。私も長年頑張って（？）働いて来たのだ。出せない金額じゃあないだろう。きものや帯だったら、平気でそれ以上の金額はする。メンテナンス料などを含めても、たいしたことはないだろう……。でもねえ、やっぱりホンモノの犬とは違うわけだからねえ……と葛藤。

ロボット犬に向かって甘ったるい声で語りかけている孤独の老女——という図柄が浮かぶ。ちょっと怖くないですか？　散歩にまで連れ出したりして。ロボット犬抱いて喫茶店にいたりして……となったら重症だ。私、そんな老女には絶対にならない！——と信じているものの。

2018年3月

いやー、ホント、もっか一番迷っていることです。

犬のことを考える時、必ずと言っていい程、頭に浮かぶのは中学校の教科書で読んだ二葉亭四迷の『平凡』の一節。

二葉亭は子どもの頃から大変な犬好きだった。春雨の降る夜、外で鳴いていた一匹の子犬を家にあげ、親の反対を押し切って飼い、ポチと命名。

「ポチは犬だが……犬以上だ」「そうだ、命だ、第二の命だ」「兎に角互の熱情熱愛に、人畜の差別を撥無して、渾然として一如となる」などと、凄くエキサイトした文章を書いている。

私は犬を抱くたび、この「渾然として一如となる」という一節を思い出し、ウットリするのだった。抱き心地（大型犬だと抱かれ心地）も大きなポイント。その点、aiboには多少、不満があるかもしれない……。

さて、ついでに——と言ったらナンだが、本の話。

もっかベストセラーとなっている『漫画　君たちはどう生きるか』（原作・吉野源三郎　漫画・羽賀翔一、マガジンハウス）。

原典となった『君たちはどう生きるか』は私の若い頃から名著として知られていたのだけれど、タイトルのストレートさ（いかにも真面目で理屈ぽい感じ）にメゲて敬遠。読まずじまいだった。マンガ化したものとは言え、昭和初期に書かれた本が、なぜ今どきの若い人たちに支持されたのだろう……と思って、まずマンガ版から読んでみた。

うーん、面白く読んだ。そこそこ恵まれた家庭に育った主人公の心の師になるのが親類の「おじさん」（とは言え、まだ青年）という設定。

この「おじさん」が少年にアドバイスしたり教えたりするのに、主として理系の知識をもって説明するところが面白く、(今の時代にも)新鮮な説得力を感じる。「いわゆる」つきの精神論じゃあないんですよね。今の若い子たちに受け入れられたのはそこだと思った。いつの時代も若者は「心の師」を求めている……。

実を言うと、私は著者・吉野源三郎さんのお嬢さんに二度だったかお会いしている。私より何歳か下で、ある新聞社の記者。清楚な美女。どこかキリッとした人柄も素敵。懐かしく思い出して、にわかに岩波文庫版の『君たちはどう生きるか』も買って、読み始めたところです。

さて。ここに書くのが遅くなってしまったけれど、『久米宏です。』(久米宏著、世界文化社。昨年秋に出版。売れているらしい。私が読んだのは一カ月程前の三刷り目)も興味深く読んだ。

意外だったのは、TBSアナウンサーとして入社してしばらくは大変な逆境だったということ。マイクに向かう恐怖で神経性の胃腸炎になったり、結核になったり。

そんな失意の中で自分のアナウンサー像を模索してゆく。「エッ、そこまで細部にこだわって自分のスタイルを固めていったんだ……」と、大きなククリで言えば同じマスメディアに職を得た一人として感心してしまう。

まずい、行数が尽きて来た。実は久米宏さんに関しては訂正しておきたいことがある。

昨年春に私は『あのころ、早稲田で』(文藝春秋)という本を出版。その中で『突破者』(宮崎学著、幻冬舎アウトロー文庫)の数行(久米さんが学園闘争の闘士であったかのような記述)を引用したのだけれどあれは事実無根だったそうだ。私が謝るのも妙だが、ここに訂正しておきます。

(2018年4月8日号)

◉相撲の生命力◉偲ぶ夜◉愛のアラーキー

大相撲春場所は、結局、鶴竜が優勝（13勝2敗）。白鵬、稀勢の里を欠く中で横綱の意地を見せた。

十四日目にすでに優勝は決定していた中での千秋楽の対・高安戦。いったんは鶴竜に勝ち名乗りがあがりかかったところで物言いがつき、取り直し。私は鶴竜（茨城の里山でノンキな一人暮らしをしている旧友の画家・アキちゃんに顔が酷似）も、高安（濃いめの顔だちでありながら、クールなポーカーフェイス）も好きなので、どちらを応援しようかと迷っているうちに高安がサッと勝った。それにしても、いいよね、鶴竜。地味顔だけど。

鶴竜（右）がはたき込みで豪栄道を降し優勝。

昨年秋の日馬富士暴行騒動に続いて今場所中には新十両の貴公俊（たかよしとし）が暴行事件を起こした。その上、稀勢の里の休場――。相撲人気、どうなるのかなあと危惧していたのだけれど、（私の見るところ）全然影響ないみたい。貴乃花親方が、にわかに低姿勢になったりして。

付け人に対する暴行でクローズアップされた貴公俊って、「相撲史上初の双生児（ふたご）の関取」。弟の貴源治は一足先に十両になっている。いかにも「おすもうさん」らしい、丸っこい、かわいい顔だち。

十両にはスッキリとした美形の炎鵬（えんほう）もいる。平成が終わりつつある今でも若い人材が育っていて、老若男女それぞれの関心を引きつけている。①勝負の決着が早くて、誰にもわかりやすいこと。②知識があれば、いくらでもマニアックに奥深く楽しめること——。その二点を併せ持っているところが相撲の生命力のポイントかな？さらに和装の魅力というのもあるよね。何しろ髷に締め込みという姿なんですから。この姿で、はるか江戸に（さらには、原形としては『古事記』の昔に）つながっているんですから。

このスタイルはゆずれない。外国人にも、このスタイルを強制する。把瑠都（エストニア出身。私、応援してたのよー）のようなブロンドの髪でも強引に髷にしてしまえば、立派に「おすもうさん」ということになるのが、いいよね。

相撲のＴＶ中継では、毎場所のように画面の左の見物席に元ＮＨＫの相撲担当アナウンサーの杉山邦博さんの姿を見ることができる。しんそこ相撲好きなのね。数年前だったか、名古屋場所を観に行った時、会場付近で、すぐそばを歩いてらっしゃる姿を目撃。勝手に親近感を抱いたりして。今年八十八歳（！）になるらしい。見物席のぬしとして、いつまでも画面に映り込んでいてほしい。

＊

久世光彦さんは二〇〇六年の三月に七十歳で急逝。今年は十三回忌ということで、久世さんとゆかりの深い小泉今日子ちゃん（なんて、つい、ちゃんがついてしまう。ナレナレしく）が、一夜、六本木のミッドタウン内の「ビルボード」というホールで、浜田真理子さんと組んで久世さんに捧げるミニ・コンサートを開催。

私は久世さんが好きで恩義も感じているので、友人三人と会場へ。普通のコンサート会場のようではなく、たくさんのテーブルがあり、飲食を楽しみながら、くつろいでステージを観るというスタイルの場所だった。久世さんとゆかりの深い小林亜星さんや川上弘美さんの姿も確認。

赤いドレスで、いまだにキュートそのものの小泉今日子が久世さんの（今となっては晩年の）快著『マイ・ラスト・ソング』シリーズの一節を朗読しつつ、久世さんの思い出を語り、浜田真理子さんがピアノを弾きつつ歌う――という構成。

明かりを落とした場内に懐かしい歌の数かずが流れる。不良インテリぽくオシャレだった久世さん。美しいもの、懐かしいものに耽溺（たんでき）しつつ、フッと笑いを持ち込まずにはいられなかったのはテレゆえだったろうか……。

数多くの久世さん演出ドラマの中で、一番「もう一度観たい」と思うのは、『花嫁人形は眠らない』（'86年、TBS）。小泉今日子は二十歳になるかならないかという年頃。何しろキャスティングが凄かった。田中裕子と小泉今日子が姉妹で、父が池部良、祖父が笠智衆――。柄本明も田中裕子の恋人役で出ていたなあ。

小泉今日子はいかにも「お姉ちゃんにまかせておけば大丈夫」といった感じの妹キャラクターにピッタリはまっていた……。あれからもう三十年以上経つのか……。

やがて、浜田さんの歌は一九七〇年代に堺正章が歌ってヒットした「街の灯り」に変わった。私の大好きな曲！と思った瞬間、ステージの奥の大きなカーテンが左右にパッと開いて、六本木の夜景がガーンと……。まさに歌詞通り、「街の灯りちらちら」……。とても効果的な演出だった。

昭和を愛した久世さん、もうじき平成も終わるようですよ。昭和も遠くなりにけり……ですね。

＊

ちょっと前の話になってしまうのだけれど、三月十八日の夜、NHK・BSプレミアムで一時間半にわたって放映された『**写真家　荒木経惟　77歳の切実**』というドキュメンタリー番組にどっぷり。そして、しみじみ。

写真にあんまり関心が無いという人でも荒木さんの名前は知っているだろう。篠山紀信と荒木経惟——ともに一九四〇年生まれの、作風は全然違うが写真界の大スター。篠山さんは新宿のお寺の子で、荒木さんは三ノ輪（浅草の近く）の下駄屋の子。七十代後半になっても二人とも現役バリバリだ。

とりわけ荒木さんは最愛の妻・陽子さんを亡くし、体のあちこちを痛めるようになった今でも撮り続けている。カメラマンとしては致命的ともいえる片目を痛めてもなお。

アラーキー。独特のオシャレ。

私が荒木さんの名を知ったのは、一九七〇年代の初め。女友だちが電通社員と親しくしていて、「電通にアラキという変わり者がいて、『便所』という写真集を作ったんだって」と言うので、私は「やだー、そんな写真集、あざとくない？」なんて言っていたのだが……それから数年後、写真誌の編集者になった男友だちT氏が荒木さんの写真も人柄も大好きというので、「ふうん」と見直すようになり、やがて

2018年3月

昭和の子どものパワー爆発。写真集『さっちん』。（オリジナル版／河出書房新社）

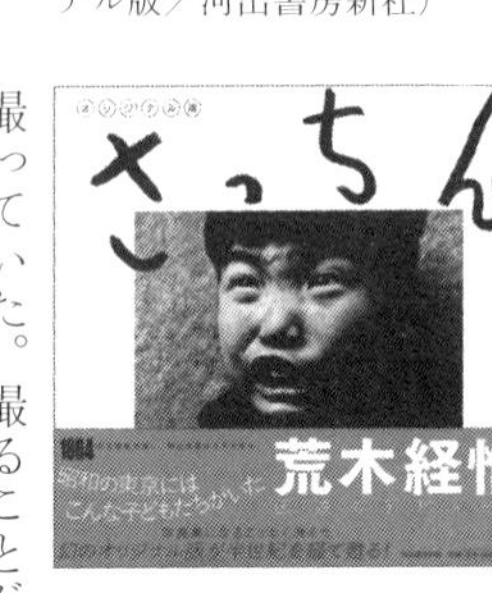

写真集『さっちん』（写真家にとっての登龍門のごとくなった太陽賞を受賞。新潮社）を見るに及んで、ガーンと大ショック。

今、簡単に入手できるのかどうか知りませんが、すばらしいですよ。昭和の少年少女たちの素敵に野蛮な生態と表情。特に「さっちん」と呼ばれる男子。愛さずにはいられない。この写真集、私にとっての宝物（の一つ）。さっちん、今はどんなふうになってるのかなあ？

荒木さんは妻・陽子さんを亡くしてからはしばらく空の写真ばっかり撮っていた。撮ることが生きることで、生きることは撮ることであるかのように。その一途さにも荒木さんの、まっすぐな人柄が感じられる。

偶然が重なり、面識を得るようになったのだけれど、ほんとうに「情」にあふれた、あたたかい人。自慢だけど、ずいぶん昔、私も被写体になったのよ（ヌードにはあらず）。

このドキュメンタリー番組の進行役は満島ひかり。写真を観る目、そして表現の仕方が的確かつユニークでビックリ！

（2018年4月15日号）

無意識のうちに、いろんな物（たいていは手帳、腕時計、サイフなど）をそこらに置いたりするので、イザ外出という時に、どこに置いたかわからず、探し回ることが多い。たいていはすぐにみつかるのだけれど、時どき意表をつくような所に置いてあったりして、自分でも驚く。

探し回っている時は、「もしかして私のこの部屋、ミステリーゾーンというのがあるのかも!?」なんて、フッと本気で疑ったりして。

春のある昼さがり。『ファントム・スレッド』という映画の試写会に行った。席についた瞬間、「あれっ!? 私、ガスの火、消して来たかしら?」という疑問が……。ドキドキ・ソワソワ。よくできた映画なのに、頭の中には、わが部屋の炎上風景が……。

タクシー飛ばして帰宅してキッチンを見たが何事も無し！ 無意識に消していたのね。

翌日、銀座伊東屋に飛んで行って右上図のようなプレートを入手。イヤでも目に入るドアのノブの上に。ところが……目に入るのだけれど頭には入らないみたい。いまだに自分の無意識的行動に悩まされている。

2018年3月

2018年4月

花房の重みにしたがふミモザかな

ふと気がついたのだけれど、近頃、テレビはBSを観ることが多くなった。たぶん、BSでは昭和回顧の特集番組が見られるからだろう。

一月には『お宝レコード発掘の旅』（BS朝日）という二時間番組が面白くて、71ページにも書いたのだが、昨夜（4月1日）は『三宅裕司の昭和お宝フィルム大発掘』（BS−TBS）という、やっぱり二時間番組が見ごたえたっぷりだった。

神保町で生まれ育った三宅裕司と木挽町（歌舞伎座の近く）で生まれ育ったなぎら健壱、そして〝活動大写真〟時代の大スター・阪東妻三郎の孫が、古い映画フィルムや8ミリ映像などを紹介しつつ語り合う。

断片的には知っていたけれど、三宅裕司のお父さんって、かなりの新し物好きの趣味人だったのね。印刷業を営みながら8ミリで息子たちを撮影。ちゃんとシナリオも書き、演出もしたうえでの凝った撮影なのだった。東京オリンピックで甲州街道を駆け抜けて行くアベベや円谷幸吉の姿もシッカリ撮っていた……。

三宅裕司となぎら健壱。この二人のマニアックな記憶に圧倒されながら見ていて、「あっ、そうだったそうだった」と笑ったのは、「ベーゴマやる時、何て言った？　ションベー？　チッチのチ？」という発言。私はベーゴマはやらなかったけれど、兄や同い歳の男子たちは「チッチのチ！」と言っていた。その掛け声とセットになって、路上で群がって遊んでいた私たち昭和の子の情景が鮮烈に思い出された。

　ほんと、みんな、外でドタドタと遊んでいたのよ。たぶん戦前からの遊びだと思うけど「水雷艦長」とか言って帽子を取った者が勝ちみたいな一種のかくれんぼ遊びとか、「長馬」とか言って仲間の股に頭を突っ込んで長い馬のような形になったところを飛んでジャンケンをして勝ち負けを決する遊びとか。男女いっしょになってやってたんだから、ワイルドだよね。

　都心は違ったのだろうが、私が住んでいた浦和の住宅地には、まだ、少しばかりだが空き地があった。たいてい草が短く生えていて土管やレンガが置かれていた。

　建材など置かれてなくて、立入禁止の札もロープも無い、ただの原っぱ（と言っても、たいして広くない）では三角ベースボールと言ったかな、男子たちが簡略化された野球をやっていた。私はそれが羨ましくて、道路ぎわで立って見ていた。時どきボールが飛んで来るのを拾って、ひそかに参加気分になっていた。男子たちは、それを「ハール」と呼んでいたので、私も「ハール」と言っていたが、実は「ファウル」なのだった。たぶん小学校二、三年生の頃——。

　ゴムだん、石蹴り、ナワトビ、かくれんぼ、木のぼり、フラフープ、ホッピング……。路上には必ず、（私たち）ガキの姿があった。まだ自家用車（↑古いね、この言葉も）を持つ家が少なく、路地に車が入って来ることは少なかったから、みんな平気で路上の遊びを楽しめたのだった。昔と今、どちらが幸せか、よくわからない。

*

2018年4月

ウッカリしていて書くのが遅くなってしまったけれど、昨年十一月に出版された『**高田文夫と松村邦洋の　東京右側「笑芸」さんぽ**』（講談社）は、（私にとっては、かもしれないが）とっても楽しく、ありがたい本。

高田文夫と松村邦洋――この二人はもともと親しい間柄だったのだけれど、ともに心肺停止という、おそろしくキワドイ体験の持ち主となった（高田氏は二〇一二年に、松村氏は二〇〇九年に）。そこでリハビリを兼ねて「いち・にの・さんぽ会」を結成。月に一回、ニッポン放送の『高田文夫のラジオビバリー昼ズ』の生放送を終えた後、おもに下町方面を散歩するようになった。

日本橋、神田、入谷、三ノ輪、蔵前、本所吾妻橋、千住……といった方面。つまりは落語の舞台となったエリア。そこを十回にわたって踏破してゆく。

もちろん落語大好きな高田センセーのマニアックな解説つき。私も好きで、たいていの所には行ったことがあるのだけれど、初めて知ることもいろいろあった。

例えば、有楽町駅近くの「南町奉行所跡」の遺構とか、深川の「滝沢馬琴誕生の地」記念碑とか、落語とゆかりの深い潮江院とか、樋口一葉も通ったという本郷の旧伊勢屋質店とか。

この本に載っている写真では、高田センセーは杖を持っているのだけれど、今は、めでたく、杖は不要の身となった。

巻末に高田・松村コンビと共に、この企画に協力・貢献した高野ひろしさんと、渡辺誠さんを交えた座談会もあり、笑いどころたっぷり。その中で永井啓夫（ひろお）さんの話が出て来たのが、私としてはありがたかった。

永井啓夫さんは、かの有名な正岡容（いるる）（落語・寄席研究家。小沢昭一さんや三代目・桂米朝さんに大きな影響を与えた）の門下で、日大の教授だった。高田センセーの恩師。（永井）先生に「落語をやるなら、吉原とここのことは知っておかなきゃ」と言われ、浄閑寺に連れて行かれたという。私も永井啓夫さんの著作は好んで読んで来たので、「エッ、そうだったの？」と羨ましく思った。

＊

なんだか嬉しい偶然——。

先週号で小泉今日子が亡き久世光彦さんに捧げたコンサートの話と、荒木経惟さんの写真について語る満島ひかりの話を書いたら、その二日後の夜、ＮＨＫのテレビで『マイ・ラスト・ソング』と題した久世さん追悼番組があり、小泉今日子と満島ひかりが出演していた。二人はすでに親しい仲といった様子だった。

ああ、やっぱりねえ……と私は思った。どこがどうと言葉で説明するのは難しいのだけれど、二人には何か共通するものがある。やっぱり「久世ごのみ」の何かがある。そして、それは、おこがましい言い方になってしまうけれど、私の好みにも、かなりの部分、重なっていたりするのだ。

どうやらこの番組、小泉今日子が久世さん追悼の思いをこめて、みずから企画や構成にかかわっているもののようだった。もしかすると満島ひかりをこの番組にキャスティングしたのは小泉今日子自身だったのかもしれない。「久世さんが健在だったら、きっと満島ひかりをキャスティングするよね」というふうに思ったのかもしれない。そう考えたい。

さて——。窓をあけてベランダに立つと、川を隔てた向こうは、まだピンクに染まっている。おとといは風が強く、まさに花吹雪といった感じだったのに。まだ何日かは桜を楽しめそう。毎週末、オランダに住む親友K子と俳句（七句）をメールでやりとりしているのだけれど、今週は七句全部、桜の句になった。K子からは「こちらはミツマタの花しか咲いていない。桜、いいなあ」と口惜しがるメールが。お互い、若い頃はそんなに桜のことを気にしてなかったのに。お正月よりも桜のほうが「時の流れ」を身にしみて感じさせる。

（2018年4月22日号）

◉女人禁制って◉百寿の人

京都府舞鶴市で起きた**大相撲女人禁制問題**は、なかなか興味深いものなので、頭の中を整理しつつ書いてみよう。

TVニュースで最初に見た時、私は思わず目頭が熱くなった。土俵上で舞鶴市長が突然倒れると、客席の女の人たちが、はじかれたかのような早さで土俵の上にあがって行って、その中の一人が心臓マッサージをしていた。ニュースでは、その女の人たちは看護師だったと伝えていた（続報では一人は女医とも）。

「ああ、この人たちは考える前に体が動いたんだろうな。さすがプロ。ステキだなあ、頼もしいなあ」と、そのプロフェッショナリズムに感動したのだった。

その美しい場面に、マイクで「女のかたは土俵から下りてください」というアナウンスが流れる。ばかやろう。人が目前で生きるか死ぬかという時に男も女も無いじゃないか、「臨機応変」という言葉を知らないのか――と、いささかムッとした。数分後には、行司もビックリして、ついつい頭には「女人禁制」という言葉しか浮かばなかったんだろうな、と同情じみた気持になったけれど。

続報によると、倒れた市長は医師で、女の人たちはその病院の人たちだったというから、市長に異変があったら、すぐに対応できる状態ではあったのだ。それを知って、私の、プロフェッショナリズムを目のあたりにした感動はいくぶんか割り引かれることになったけれど……でも、医療のプロの女の人たち、頼もしいなあという気持は変わらない。

ところが……とんでもなくタテマエ重視の人たちというのもいるらしい。土俵は清浄の場で、女（不浄）が土俵にあがるということは決してホメられるようなものではない――と。

どこの世界にも原理主義者はいるものだ。少しは、いたほうがいいのかもしれない。あらためて相撲という奇妙な競技（であり、神事であり、スポーツであり、芸能でもあるようなもの）について考えさせてもらえるから。

私は相撲について詳しい者ではないけれど、塩を撒くという行為からして、伝統的な（神道系？）「浄め」「けがれ」の美意識がベースにあるらしいということは、体感的にわかる。「女人禁制」の底にあるのは、女性蔑視というよりも女性恐怖（あるいは畏怖）というべきものなんじゃないかとも思う。

女って「生」の神秘そのものだよね。何しろ一つの体から、また別の個体が生まれ出てきてしまうのだから。人間以外の生きものでもメスはスゴイ。もちろん男とかオスの協力を得たうえでのことだが……。私自身、女だけれど、女という性は謎だし、スゴイと思う。

とにかく、昔の人たちが土俵を女人禁制にした気持は、わからぬでもないのだ。「浄め」「けがれ」といった美意識は伝統として、基本的に尊重したいと思う。

けれど今回のケースは人命にかかわることだったのだ。医療のプロの女の人たちが即座に土俵にあがったのは当然のこと。そこに「女人禁制」を持ち出すのは、あまりにも頑迷。相撲という奥深い競技の世界を小さく窮屈にしてしまう考えだと思う。

いっぽう女の人たちの中には「男女平等」「女性差別許すまじ」という考えで、「女人禁制」ルールにひどく反発する人もいるようだ。「女が土俵にあがって何が悪い!?」と。今まで女のエライ人が賞状を授与しようとした時も、「女人禁制」ということで、土俵にはあがれず、男性の代理人が授与していたらしい。

私としては「女は遠慮したほうがいいのでは?」という考え。歌舞伎の世界でも、基本、舞台上は「女人禁制」。たまーに特例的に女優が出演することはあるけれど、歌舞伎好きとしてはあんまり面白い試みとは思わない。逆に宝塚に男が入ってもシラケるだろう。

女の人が土俵にあがるのは絶対にダメというわけでもないので、どうしても土俵にあがりたいという女のお偉いさんは、ぜひ、足元だけは気をつけてほしい。ハイヒールだと土俵を傷つけそうだから、やめてほしい。できればキモノにゾウリで臨んでほしい。あんまり見たいとも思わないけどね。

P.S.七月に公開された映画『菊とギロチン』(瀬々敬久監督)は大正時代末期の女相撲の世界を描いたものだった。女相撲というのが地方回りの興行として実在していたんですね。さすがに上半身は薄手のシャツ風のものでかくしていた。

＊

私、尊敬しているので、脚本家の橋本忍さんの生年月日はシッカリと頭の中に刻み込んでいた。『羅生門』（'50年）から黒澤明監督と組んで数かずの傑作を生み出したばかりではなく、小林正樹監督の『切腹』（'62年）、岡本喜八監督の『日本のいちばん長い日』（'67年）、野村芳太郎監督の『砂の器』（'74年）、森谷司郎監督の『八甲田山』（'77年）……などの脚本を手がけ、日本映画の黄金時代を象徴するような人なのだ。

その橋本忍さんは長寿のかたなので、ついつい生年月日をマークするようになったわけだが、それが一九一八年四月十八日なんですよ。つまり、この四月十八日には百歳なんですよ！　嬉しいじゃないですか、ありがたいじゃないですか（別の意味でマークしている中曽根康弘氏も五月に百歳に）。

何しろ黒澤監督（一九九八年没。八十八歳）をはじめ『七人の侍』のメンバー（三船敏郎、志村喬、加東大介、千秋実、木村功、稲葉義男、宮口精二）全員、故人になってしまっているんですから。

橋本忍さんの名著『複眼の映像』は二〇〇六年に文藝春秋から出版され、現在は文春文庫になっている。これ、とても面白いですよ。血湧き肉躍る的に。

橋本さんは伊丹万作（言うまでもなく伊丹十三のお父さん）に思

い切って自作の脚本を送って気に入られ、知遇を得る。

黒澤監督のことはよく知らないまま、芥川龍之介の『藪の中』をもとにした脚本を書いたら、いちおう採用となり、黒澤監督と初めて会うことになる。「黒澤さんは直ぐに現れた。びっくりするほど背が高かった。彫りの深い端正な容貌で、赤いセーターが印象的だった」

その時の脚本は映画にするには短く、黒澤監督のアイディアで同じ芥川の『羅生門』を足すことになった。橋本さんはその脚本作りに苦悩している中で、突然、「分かったぞ……黒澤明という男が！」「黒澤明という男――それは閃きを摑む男である」と思ったという話を書いていたりして、何だかよくわからないまま、私は感動してしまう。

たぶん、黒澤監督が一番タヨリにしていたのは、自分の体の、いや、脳幹の奥だかどこだかで、一瞬そこによぎった閃きというものだったろう。橋本さんには、その閃きがわかったのだ。共有できたのだ。

たぶん……映画に限らず、芸術芸能にとって一番の力になるものは、きっと、この閃きというものなのだろう。晩年の黒澤映画に、その閃きはあっただろうか？

ちょっと意外だったのは、黒澤監督の単独脚本で監督した『夢』（'90年）に関して、第六話の『赤富士』と、七話の『鬼哭』は面白くないと書きつつ、第八話（笠智衆主演）は絶賛していること。

そうかなあ……？　二十八年前の映画だから、橋本さん七十二歳時での感想か。ＤＶＤで観直してみなくては。

（２０１８年４月29日号）

P.S.橋本忍さんは七月十九日、肺炎で亡くなった。百歳。

●花咲き花散る宵も●キンゼイだった…●ハデなデビュー●アイ，トーニャ●こけし愛ふたたび

春ですねー。桜は散ってしまったけれど、代わりにとばかり、道路脇の植え込みにはパンジーやツツジやバラが咲き誇っている。私が住むマンションの入口階段脇には純白のマーガレットが満開。そよ風に揺られているところは、まるで笑いさざめいているかのようだ。かわいい。そばの鈴蘭もポツポツ咲き始めた。

銀座に出ると、松屋脇のハナミズキが豪勢に花開いている（純白。ピンクの花も少々）。わくわく。

さらに松屋裏には、昭和のとおぼしき古いビルの屋上から、たっぷりと藤の花房が垂れている。私は毎春、この奇観を見るのが楽しみなのだ（そのビルの一階は山野草の店。隣はかの有名な小料理屋「はち巻岡田」）。

ついつい「花咲き花散る宵も～、銀座の柳の下で～」（作詞・門田ゆたか、作曲・古賀政男、歌・藤山一郎、'36年）と頭の中で歌わずにはいられない。

私は生まれてもいなかった昔の歌なのに、なぜか強いノスタルジーを感じてしまうのだ。藤山一郎は老いの姿しか知らないけれど（昭和の懐メロ番組の常連。『紅白歌合戦』の指揮者でもあった）、いかにも東京っ子らしい軽快さがあって好きだった。

「東京ラプソディ」に限らず、私は戦前昭和というか一九二〇年代後半から三〇年代の風俗や文化

2018年4月

に強い郷愁のようなものを感じる。美術の世界で言えばアール・デコ。映画の世界で言えばサイレントからトーキーになって、俄然、ハリウッドが映画の都になった頃。そして、銀座をモボ（モダンボーイ）とモガ（モダンガール）が闊歩（かっぽ）していた頃。

そんな、初々しいモダンさにあふれていたであろう昔をしのびながら、花咲き花散る銀座をうろついている。

＊

大相撲の「女人禁制」問題。意外にもエンエンと論議の的になっていますね。TVのワイドショーや新聞投書などを見ると、老若男女、多くの人が関心を持ったできごとだったのだということがわかる。

TVを見ていてハッとしたのは、専門家（?）たちが「女人禁制」を「ニョニンキンゼイ」と言っていること。キンセイの間違いなんじゃないの?と思って、念のため辞書を引いたら、あら、「女人禁制」はニョニンキンゼイと読むのね。「禁制」だけだったらキンセイなのだけれど、女人禁制となると、宗教上の理由からキンゼイと読むらしい。ただし、一般人はキンセイと読んでもOKのようだ。

＊

今、一番楽しく誇らしいのは、L・Aのエンゼルスに入団した大谷翔平選手の活躍ぶりをスポーツニュースで観ることですね。

いきなりメジャーリーグ初打席初球初安打というハデなデビュー。さらに次の試合では投手として初登板初勝利。三試合目には指名打者としてホームラン……という、これでもかこれでもかという程の活躍ぶり。あまりのことに笑っちゃうよね。

アメリカのメディアはベーブ・ルースまで引き合いに出して賞讃。嬉しいけれど、基本「貧乏症」の私としては、この活躍いつまで保つのかという心配も。デビューが派手すぎて怖くなる。

でも、いいのだ。何しろ見た目が、まったく白人負けしていないのだもの。堂々とした体格に、かわいい童顔が載っかっている。日本が自信を持ってお送りする快男児——もう、それだけでもOKだ！

なあんて、自分の心に繰り返し言い聞かせている。

＊

五月四日公開のアメリカ映画『**アイ，トーニャ　史上最大のスキャンダル**』が面白い。

お若いかたは御存知ないだろうが、今から二十四年前、リレハンメル冬季五輪で「お騒がせ女」になったフィギュア・スケート選手のトーニャ・ハーディングの半生を映画化したもの。

ライバルのナンシー・ケリガン襲撃事件というのを起こし、五輪のリンクでは演技そうそう泣き出し、審査員席にドッカとスケート靴を載せて、靴の不具合を訴えたりして。当時、その様子を伝えるニュースを見て、何だかメチャクチャな女だなあ、と驚いた記憶あり。

今回の映画では、貧しい白人母子家庭での暮らしぶり、暴力的な若い夫と陰謀史観好きの友人（このデブ男が面白い）とのクサレ縁が軽妙に、しかもリアルに描かれている。よくも悪くもクールになれないプア・ホワイトのおかしみと、やりきれなさ。母親役のアリソン・ジャネイの人物造型も、みごと。

＊

メモしておかなかったので、番組名は忘れてしまったのだけれど（三十分番組？）、東北の伝統的なこけしを特集して紹介していたのが懐かしく、楽しかった。

もう二十年以上前になるか。親友K子と東北旅行をしていて、にわかに伝統こけしに興味を惹かれた。津軽こけし館というのを訪ねてみると、いやー、東北各地にそれぞれ独自のデザインのこけしがあり、立派な工人も生み出していて、奥深いものだなあと痛感。

素朴にして、クラシックのようでもありモダンでもあるような造型美。単純だが、工人それぞれによって微妙に違う目鼻の描き方。木の人形ならではの温かみや質感の面白さ……。俄然、伝統こけしに興味を持った。

実は、それ以前から私は、いわゆる「おみやげこけし」には興味を持っていてコレクションしていたのだった。昭和の観光地の、みやげ物屋にあって、観光名物をデザインに取り入れた小ぶりのこけし。そのチープさと古くささがかわいくて、旅先のみやげ物屋を探し回ったものだったのだ。

けれど東北旅行で本格的な伝統こけしの数かずを見て、「うーん、やっぱり、この風土感はいいなあ」と胸打たれたのだった。

それで思い出したのが、私が子どもの頃、TVで熱心に観ていた探偵ドラマ『日真名氏飛び出す』（原案はわが敬愛の映画評論家だった双葉十三郎さん）の日真名氏を演じた久松保夫さん（一九八二年に六十三歳で没）。

私は大人になってから、ある雑誌を見て、久松保夫が大変なこけしコレクターであることを知った。それと同時に、マニアックなこけしコレクターというのが一定数いて、こけしの競り市があることも知った。

それから数年後、お茶の水に風変わりな古書店が出現。中に入ってみると店内の半分は古書で、半分はこけしがドッサリと並んでいるのだった。

お調子者の私は、店主に「もしかして、これ、久松保夫さんのコレクションだったのでは？」と聞いたら、「そうなんですよ」と言う。嬉しくなって、小ぶりのこけしを一点だけ買った。底を見ると「鳴子　秋山忠市作」と筆で書いてある。

木の人形というのは、何となく大人ぽく、渋くて、いいよね。ロシアにもマトリョーシカと呼ばれるこけしがあって、やっぱり買わずにはいられなかった。

かの東北人、棟方志功も愛したこけし。うーん……書いているうちに、こけし熱がぶり返して来たようだ……。

（2018年5月6－13日号）

◉ケチケチするな◉セクハラ問題二連発◉器の大きい人

大相撲の「女人禁制」問題。依然として尾を引いているようですね。

子どもの相撲大会で勝ち抜いた小学五年の女の子が決勝に出られなかった（四十年程昔の話）ということを今回の騒ぎの中で知って、基本的に土俵上の「女人禁制」を受け容れている私も、子どもにまでそれを強いたというのはヒドイと思った。露骨な話になってしまうけれど、女子における「初潮」というのをハッキリとした性の分岐点と考えて、ザックリと、小学生まではOKにしたら？男も女もなく「子ども」として。

そのいっぽうで、女性の官房長官や知事や市長が土俵にあがって表彰するということができないことを「女性差別」と糾弾する人たちもいて、いまだに論議の的になっている。

率直に言って「エッ!?女のお偉いさんたち、そんなに土俵にあがってみたいの!?」と不思議でならない。相撲の伝統をねじ曲げてでも「男女平等！」というコンセプトを貫きたいのかなあ。土俵にあがれないくらいで「女性差別！」と、口惜しいのかなあ。女が土俵にあがったら、それは「快挙！」ということになるのかなあ。

私には理解できない。共感できない。私がもし彼女たちの立場だったら、土俵にあがることは遠慮する。あくまで「遠慮」。土俵上における「女人禁制」は社会的差別問題とはほとんど関係なく、「伝統」の問題だと考えているからだ。

「伝統」というものは（今の時代の常識からすると）不合理だったり、ばかばかしかったり、非常識だったりする部分をたっぷりと含んでいるものだ。当然、時代の変化につれて改革しなくてはいけない部分もあるわけだが、今回は女は土俵にあがれない――って、ただそれだけのことじゃあないか。土俵にあがれなくて、そんなに口惜しいか？　女も土俵にあがってみせることが差別問題における快挙ということになるのか？

ケチケチするな！と私は言いたい。これがもし、客席まで「女人禁制」というんだったら、私も断固、反対するよ、差別と闘うよ。

でも今回は土俵の上の話。伝統といえば聞こえはいいが、古くさい風習やルールで成り立っている相撲というものの、その古くささや不合理性も私は面白いものとして愛しているのだ。従来通り、土俵の上は「男の世界」にしてやってもいいんじゃないの？

一般社会における男女平等は、多くの場合、好ましいものだけれど、伝統的な芸能や娯楽や祭事などにまで、それを杓子(しゃくし)定規に当てはめるのは愚かなことだ。理屈張らず、おおらかに受けとめたほうがいいのでは？

＊

そんな中、『週刊文春』は新潟県知事の米山隆一氏が女子大生を「買春」――というスクープ。見出しの横に「1回3万円」とあったりして。

米山氏はサッサと釈明会見。TV画面に映った姿を見て、私は「オッ！」と目を見張り、大いに心を動かされた。この顔は……いや、この顔の下半分（頰と唇のあたり）は誰かを思い出させる、

誰だ誰だ誰だ……そうだっ、昭和のベテラン俳優・進藤英太郎だっ！と。

いやー、進藤英太郎を思い出したのは久しぶり。昔、東映時代劇や東宝のコメディ映画によく出ていたのよね。必ずと言っていいくらいマヌケな悪役。悪家老とか悪徳商人とかドジな社長とか。ツブラな目をカッと開いて、厚めの唇や頬をブルブルッという感じで震わせて怒ったり凄みをきかせたりしていたのよね。ちょっとブルテリア犬を連想させるところもあった。好きだったのよねー、この人が出てくると、わくわくしたのよねー、私。釈明会見にのぞんだ米山氏は涙と汗で、顔面水びたし状態。ひたすら恐縮。独身だそうだから、被害（？）は少なそう。

いっぽう『週刊新潮』は、財務省事務方トップの福田淳一事務次官がTV局の女性記者に対してセクシュアルハラスメント行為をしたという話。女性記者は会話のやりとりをテープに録っていた。彼の発言内容、はっきりとアウトだよね。女性記者は仕事でインタビューしたのに、すぐに、そしてたびたび、性的な話に持って行く。女をナメているとしか思えない。記者が隠し録りという非常手段を用いたのも無理はないと思わせる。

この事務次官、女と対等に接することなく生きてきた人――という印象。女の友だちなんて、いなかったのかもなあ。男女の間の友情なんて、まったく信じてこなかったのかもなあ。それは淋しいことではないですか？

昨年、ハリウッドの大物プロデューサーだったハーベイ・ワインスタインのセクハラ問題がキッカケになって、女たちの間で「#Ｍｅ Ｔｏｏ」という反セクハラ運動が巻き起こることになった。私としては趣旨には賛同したいところもあるが、運動には参加する気はまったくない。理由は単純。徒党を組むのが苦手だから——。

それから、もう一つ。「セクハラ」「ミー・トゥー」の言葉におびえて正直さを失っていったり、萎縮したり、「タテマエとホンネ」式に女に対して狡賢く振る舞ったりする男たちの姿は、あんまり見たくないからだ。

＊

セクハラ騒動のおかげで怪優（？）進藤英太郎を思い出したはずみで、次から次へと昔好きだったユニークな俳優たちの顔がズルズルと浮かんできた。

まっさきに思い出したのは、加藤嘉。『砂の器』（'74年）の父親役、サイコーだったよねー。これでもかこれでもかというふうに哀れの極致。乱れ髪に粗末なきもの一枚という姿で、少年と共に、あてどもなく彷徨する姿は、当時のアバンギャルドであった「土方巽の暗黒舞踏」も連想させた……。

というわけで、にわかに『砂の器』を見直したくなり、ＤＶＤを購入。いやー、四十年以上もの歳月を隔てて観ると、ほんと、感慨深いものがあります。

丹波哲郎、緒形拳、加藤剛、笠智衆、稲葉義男、内藤武敏……。すでに『男はつらいよ』で大人気だった渥美清もファンサービス的にチラッと出てくる（当時、映画館では、その登場シーンで笑いが起きたのをおぼえている）。

松本清張原作のこの映画の根底にあるものは貧困と差別のすさまじさ。それを、ある意味ハデなキャスティングと日本の美しい自然風景を織り込んで描いている。大ヒットしたのも当然でしょう。

若き日の丹波哲郎。堂々。

丹波哲郎（当時五十代前半）も懐かしかった。霊界関係の著書を次々と出版し、『丹波哲郎の大霊界　死んだらどうなる』という映画（→怪作）を作った頃だから一九八九年のことだったろうか。丹波さんにインタビューさせてもらった。

映画の中のイメージそのままの、「何だかよくわからないけれど、スケールが大きい人」という印象。尊大というのではなく、器が大きい人。私は何度も爆笑。

「セリフなんかおぼえない」と言っていらしたと思うけれど、『砂の器』では長ゼリフを堂々と。ある種の名優だった。

（2018年5月20日号）

女の笑芸人というのも、なかなかキビシイものがある。基本「モテるモテない問題」「結婚できるできない問題」をネタに笑いを取るというパターン。男も女もそれを求めているというか強要しているかのよう。どうしてもそこからは逃れられないみたい。清水ミチコ＆野沢直子はそんな枠組みとはだいぶ無縁なところで個性をアピールできた稀有な例だ。

テレビ画面に映ると、俄然、ジーッと注目してしまう女マンザイ・コンビが「ガンバレルーヤ」。何と言っても「見た目」。80年代に大人気だった霜田恵美子さんのイラストレーションを連想してしまうのだ。古風なジャパニーズ顔で、原色Tシャツに原色パンツ。どこまでたくらんだものなのかは、わからないけれど、何だか郷愁（？）を誘われる。古くさいような、今っぽいような。ナイスなファッションだと思う。「よしこ」「まひる」という名前（本名）もナイス。

男子では「シソンヌ」のじろう。「川嶋佳子」とか「小金原聡子」とかの女装キャラクター、かんぺきに笑える。

2018年4月

2018年5月

春の闇乱歩ごのみのビルヂング

◉歴史の歯車が…◉警察、呼ぶ?◉一番の美人スター

週刊誌の場合、連休が入ると、次の号はグッと鮮度が落ちがちだ。

連休の間にあったことを話題にして書くと、掲載誌が店頭に並ぶ頃には、もう旧聞ということになってしまう。そこが週刊誌ライターとしては悩みのタネ。

今年のゴールデンウイークは特にそのことを痛感した。休み前に原稿を送った後、南北首脳会談があり、エッ!?と驚く友好ムード。北朝鮮の金正恩は非核化まで口にするという、意外な（私にとっては、だが）展開なのだもの。金正恩がさかんにしゃべり笑顔を振りまいているのにも目を見張った。

南北トップの二人は三十八度線をまたいで行き来するパフォーマンスまで見せた。両国、特に北朝鮮の国民は、これをどう受けとめたのだろう。

和気あいあいの二人。

もう半世紀以上も前の話になりますが……中学時代の下級生に日本共産党系「進歩的文化人」の娘というのがいて（言うまでもなく真面目な、いい子）、その子に誘われて『千里馬（チョンリマ）—社会主義朝鮮の記録—』という映画を観た。共産党員の、ぬやま・ひろしが北朝鮮（当時、建国して十数年しか経っていなかった）を訪れて撮ったドキュメンタリー。もろ、北朝鮮讃美の映画だった。

実際、その頃はまだ社会主義国家建設の夢や意欲もあったのだろう。当時の私は、そのあたりの思想的メッセージはよくわからず、ただもう、豚の頭が市場の店頭にドンと飾られている場面にビックリしたことしか記憶なし。

一九七〇年には、よど号ハイジャック事件というのがあって、赤軍派と名乗る若者たち九人（私と同世代だったりして）が日本航空のよど号をハイジャック。「われわれは明日のジョーである」などという声明を残して北朝鮮へ。そのうちの五人が亡くなっている。彼らにとっての社会主義の現実とはどういうものだったのだろう。金日成の子や孫が絶対化されてゆく様子をどう受けとめて来たのだろう。

今回の金正恩の真意はわからないまま、私は、ただもう漠然と「悪い話じゃあなさそう」と受けとめることにした。六月には米朝会談が予定されている。乱れ髪のドナルド・トランプとカリアゲ君の金正恩の髪型対決ですよ――なあんてフザケるのは控えておこう。とにかく歴史の歯車がカチッと動いた感じがしている。

＊

そんな中、ＴＯＫＩＯの山口達也が「強制わいせつ」容疑で警視庁に書類送検されたというので一大騒動に。

第一報を聞いた時、私は、「エッ!? なんでそんなに大騒ぎに!?」と思った。

酒に酔った山口が女の子にキスなどをしたので、女の子はショックを受け、親に言い、親は警察に通報した——という流れだったようだが……私だったら（もちろん十六、七歳という仮定）、親には言わないんじゃないか？　誘いの電話に応じて（女友だちといっしょだったらしいが）、夜中に男一人の部屋に行った自分をまず責めるだろう。二度と同じことはしないと心に誓うだろう。親に「何かあったのか？」と聞かれても、嘘をついてごまかすだろう（ところで、もう一人の女の子は、その間どうしていたのだろう？）。

また、私が親だったとして、娘の様子が妙でも、すぐには問い詰めないだろう。ただし、注意して様子をうかがうようにするだろう。もし、娘から事情を聞かされたら、大いに動揺するとは思うけれど、警察に訴えるようなことはしないだろう。キワドイところだけれど、レイプやケガをさせられたわけではないのだから。騒ぎを拡大するのは娘にとってもマイナス要素がありすぎると考えるだろう。

——とまあ、そんな感想を持ったのだけれど、事態はとにかく「警察ざた」になった。たちまちメディアは騒然。ＴＶも新聞も今回のケースでは、とりあえず容疑者という言葉は使わず、苦肉の策で「山口メンバー」という妙な呼称を使っていたのが、おかしかった。

ＴＯＫＩＯのメンバーたちの記者会見は見るに忍びなかった。ＴＯＫＩＯは、質実な、いいグループだものね。一番若い長瀬智也は三十九歳で、他はみな四十代——ということを今回あらためて知らされて、うーん……感慨深いものがありました。もう数年、ＴＯＫＩＯのままで楽しませて。解散なんてしてはダメよ。

＊

五月五日。墨田区にある「たばこと塩の博物館」で開催中の『モボ・モガが見たトーキョー』展へ。

モボ・モガというのは言うまでもなく、大正末から昭和初期の巷（ちまた）を彩ったモダンボーイ、モダンガールのこと。この欄に何度か書いているように、私はなぜかその時代の風俗や文化に妙に惹かれているのだ。まだ生まれてもいなかったのに何だか、むしょうにノスタルジーとか既視感（デジャブ）を感じる。風景や人びとのファッションなどに、たまらない懐かしさを感じてしまう。「私は確かにそこにいた！」という妙な確信。

というわけで、これは見逃せないとばかり、スカイツリー近くの「たばこと塩の博物館」に行ったわけですが……思っていたより展示物は少なめで、ちょっとガッカリしたものの、当時の尖端的デザインの写真やポスターや現物（タバコのパッケージ、キャラメルの箱、腕時計、印刷物、洋服、アクセサリーなど）にわくわく。欧米でのハヤリであったアールデコを、とてもうまくこなしているんですよね。洋装においても和装においても。

当時の銀座や浅草の街頭風景をとらえた大きな写真にも目を見張る。ビルヂングの数かずは、今のノッペリしたビルより装飾性というか遊びがあるデザインで、愉しい。親しみが湧く。

フッと不遇の作家・広瀬正の代表作『マイナス・ゼロ』を思い出す。広瀬正は一九二四年、東京の中央区生まれ。SF作家であり、プロのサックス奏者でもあった。『マイナス・ゼロ』は一九七

○年に出版されたタイム・トラベル物。昭和七年の東京の風景や風物の描写が愉しく、私もその時代に生きていたかのような気分。一気にファンとなり、他の著作も次々と読んだ。だいぶ昔、七〇年代の頃ですね。広瀬正は一九七二年に四十七歳で亡くなった。

――と、こう書いていて、俄然、『マイナス・ゼロ』や『ツィス』『エロス』『タイムマシンのつくり方』などを読み直したくなった。書庫（という程のものではないが）の奥にきっとあるはず。そうそう……。今回の展示会にちなんだ出版物『モボ・モガが見たトーキョー』を帰りの地下鉄でパラパラめくっていて、ふと一枚の写真に目が吸い寄せられた。

当時、森永製菓がイベント用に募集した「森永スヰートガール」の第一期生の五人が写っている写真。左から二番目にいるスラリとした美女は桑野通子に違いない！

桑野通子は、このスヰートガールになった後、ダンスホール「フロリダ」で働いていて、松竹にスカウトされて女優に。清水宏監督や小津安二郎監督作品に出演。大スターに駆け上がっていたのに、三十一歳で急逝。私、日本の美人女優では一番好きかもしれない。残された一人娘は桑野みゆきとして、松竹映画に出ていた。

（2018年5月27日号）

◉素敵な奇観◉映画の町◉戦艦「長門」◉夢の城

妹夫婦といっしょに山陽地方を旅行した。宮島→尾道→呉→姫路。三泊四日。

妹の夫のKさんは広島の呉出身で、お勤め生活をリタイアすることになったので、みんな元気な今のうちに——と思い立ったのだった。

いやー、やっぱり宮島は素敵な奇観でしたね。瀬戸内の海の中に立つ朱赤の大鳥居と社殿。遊覧船でまぢかに見て、その大きさ、重々しさに驚く。

大鳥居の重量は約六十トン、しかも脚の部分は海底に埋め込まれているのではなく、何本もの松材の杭を海中に打ち込んだ上に「置かれているだけ」だという。つまり自分の重みだけで立っているのだ！（潮が引いた時にはその基礎部分も見られる）

平清盛だの後白河法皇だのという時代に、すでにこれだけの設計・建築技術があったとは。その数学的、物理学的センスって凄くないですか？　当然それ以前の建築物の中から学び取り、伝承されたものだったのだろうが……。

厳島神社の社殿も朱赤で、海に乗り出す形になっている。神社の人たちの衣装も赤と白。シンプルですがすがしい。

厳島神社の背後にあるロープウエーに乗ったら、頂上近くに弥山（みさん）登山道というのがあった。少し迷ったけれど登ってみた。久しぶりのハイキング。そちらにも渋い神社があり、すがすがしかったが、山歩きをめったにしない妹は、これでヒザを痛めてしまった……。

下界に戻って町歩き。いかにも古くからのといった店構えのミヤゲ物屋や旅館が並んでいて、わくわく。鹿も平気で町の中を歩いている。宿泊先の旅館は森の中にあって、私たちには身分不相応な、格調高き老舗旅館だった。露天風呂の木立の中から猿が私と妹の入浴シーンをのぞき見していた。

＊

翌日は本州に戻って尾道へ。尾道と言ったら、何と言ったって、小津安二郎監督の『東京物語』（'53年）ですよ。尾道に始まり尾道で終わる。とりわけ印象的だったのが、妻（東山千栄子）に突然死なれた周吉（笠智衆）が、一睡もしないまま妻の死を見届け、近くの広場のようなところから海のほうを眺めているところに、戦死した息子の嫁（原節子）が捜しに来たシーン。

妻の死については一言も触れず、周吉はこう言うのだ。「綺麗な夜明けだったよ……。今日も暑うなるぞ」

そのロケ地は尾道の浄土寺。長い石段をあがった先に、まさに『東京物語』の、あの場面のままの庭があった。画面右手に映し出されていた石燈籠（どうろう）も、海の見え方もそのまんま。「ここに笠智衆がこう立って、ここに原節子がこう歩いて来て……」と、ちょっとした聖地巡礼気分。小津組が食事をした料理屋も健在だった。嬉しい。

映画にはそれほど興味の無い妹夫婦に向かって「小津は……」「笠智衆は……」と、しゃべらずにはいられない。

言うまでもなく、尾道は大林宣彦監督の生地でもあり、『転校生』（'82年）、『時をかける少女』（'83年）、『さびしんぼう』（'85年）は「尾道三部作」と呼ばれている。

確かに、尾道は海あり山あり石段ありと変化に富んでいるので、その風景・風物は多くの人の郷愁や少年少女時代の思い出をかきたてるのだろう。

というわけで、尾道には「おのみち映画資料館」というのがある。尾道とゆかりのある映画のポスターやスチール写真や台本などのコレクション。

とりわけポスターが懐かしかったなあ。趣向をこらした写真やイラストレーションのポスター。昭和の街角にはよく見かけられたもの。ミニシアター風に、昔の映画の予告編を見られたのもよかった。そうそう、昔の映画館では、「近日公開！」の映画作品の予告編も見られたのよね。

＊

さて、三日目には呉へ。Kさんが呉にいたのは十代の頃までで、その後はずっと東京だったので、生家があった所を特定するのには、ちょっと手間どった。商店街と地形を頼りに探索して、「確かこのへん」ということに。近くの小学校は廃校になっている様子だった。

呉港に「大和ミュージアム」というのがあって、『戦艦「長門（ながと）」と日本海軍』展というのをやっていた。意外にもこれがなかなか面白い（と言ったら語弊があるか）というか、興味深いものだった。

呉港と言ったら、日本海軍の軍港として有名だった、ということは知っていたけれど、大正九年に海軍の軍備拡張計画「八八艦隊」の一番艦として呉の海軍工廠（こうしょう）で戦艦「長門」を建造して以来、軍港として栄えたようなのだった。

「長門」は当時、世界初の四十一センチ砲というのを搭載していて、世界の海軍史に大きな影響を与えたという。

船の中央部に巨大なロボットのごとき形態の物がそびえ立っている。左右に長い突起があり、まるで両腕を突き出しているかのよう。それで、何だかヨロイカブトに身を固めたサムライか何かのように見えるのだ。私は、この軍艦を気に入った。軍艦界の三船敏郎みたいで。

「長門」は連合艦隊の旗艦を長くつとめたという。そうか旗艦（英語のｆｌａｇｓｈｉｐの直訳ですね）というのは、司令官など指揮をするエライ人たちが乗っている、命令系統の核になっている戦艦のことだったのね――と今さらながらに気づく。今は旗艦店なんていう言葉がサラッと使われているけれど、元々は海軍用語だったのね。

妙にわくわくしながら展示のいろいろを見ていたのだが、「長門」の最期には、さすがに、神妙な気持になった。戦時にはマリアナ沖海戦やレイテ沖海戦で損傷を受けながらも航行は可能という状態で終戦を迎えたのだが、その翌年（'46年）、ビキニ環礁で行われた核実験の標的になって沈没――。

乗組員たちの制服や写真、手紙など生々しく、複雑な気持でみつめた。

＊

翌日は姫路城へ。平成二十一年から五年半を費やして改修したとかで、まさに純白のお城。甍（いらか）の反りが、確かに飛び立つ鳥を思わせる。

掘割には和風の遊覧船（と言うより舟）が周遊していたので、まず、それに乗ってみた。初老の案内人の解説つき。ガイドブックで読むより、面白く興味深く感じられた。いざ、お城の中に入ってみると……思った以上に階段の勾配がキツイ。元気な今のうちに来て正解だったなと思う。妹はパスして休むことに。

ここでもやっぱり、昔の人の設計・建築のノウハウ、その根底にある数学的、物理学的な知識の凄さに、あらためて感心させられ、誇らしくも思うのだった。

姫路から新幹線での帰路。私だけ名古屋で下車。名古屋在住の旧友・呉智英先生と、やっぱり名古屋在住で長年の女友だち（私より十歳くらい年下。呉智英には紹介ずみ）Hさんとの三人で食事。ゴチエーの悪女論および『平家物語』讃美の熱弁に爆笑。新幹線の発車時刻が迫って来て、あわててダッシュで名古屋駅へ。はい、いろいろ啓蒙された旅でした。

（2018年6月3日号）

◉望郷という思い◉まぼろしのヒッチ映画◉オツなジャパネスク

先週号では妹夫婦と山陽地方を旅行した話を書いたのだけれど、ちょっと書き足らない気がして、もう少し。

一番、旅情をかき立てたのは宮島での早朝散歩。化粧もせずTシャツにジーンズ、宿のハンテンをはおって、だらだらと坂をくだって行くと、古びた燈籠や鳥居や石碑などがあり、海の中の大鳥居や本殿が遠望できた。店はまだ閉まっていて、歩いているのは私たち三人と鹿だけ。

途中に小さな古い祠のようなものがあり、そこに捧げられたセルロイド製の華美な色どりの風車の数かず（二十本くらい）が風を受けてくるくると回っていた。子どもや孫の無事を祈ってのものだろうか。

とてもキレイに見えて、後日、ミヤゲ物屋でみつけた時は買わずにはいられなかった。結局、それが唯一のスーベニールになった。今、これを書いている机の上で、窓からの風を受けてくるくると回っている。

そもそもは妹の夫が定年でリタイアというので、彼の郷里の呉（広島県）を中心に山陽への旅を思いついたわけだが……実際に呉に行ってみても、彼はたいした感動も無い様子に見えた。ところが、旅から帰ったあとの妹の話では、本人も驚くほど、おおいに気持を揺さぶられ、再訪したがっているという。意外。「ふるさと」というほどのものを持っていない私には、その望郷の思いというのはよくわからない。

今回の旅行でおかしかったのは、新幹線での往復の中で、指定した座席に忘れ物があったこと。往きには茶色の手帳が、帰りにはメガネ（女性用、老眼鏡）が座席に置き忘れられていた。もちろん乗務員に託した。乗務員は、よくあることとばかりサッと受け取っただけで、特にこちらの名前も連絡先も聞かないのね……（物足りない気持が少々）。

旅行中はちょうど平尾龍磨容疑者というのが愛媛県今治の刑務所を脱走し、広島県尾道市の向島から本州へと泳いで渡ったというので、私は「エッ？　夜の海を、しかも雨の中を!?」とビックリ。

尾道でタクシーに乗った時、運転手にその話をしたら、「僕らでも平気で泳げますよ、驚く程のことじゃないですよ」と言われてしまったのだが……運転手の間でも平尾騒動はだいぶ話題になっている様子ではあった。

＊

五月十九日、夜。ＷＯＷＯＷプライムの「ノンフィクションＷ」という番組で『**ヒッチコック幻の映画――最期に仕掛けたサスペンス**』というのをやっていて、興味深く観た。

ヒッチコックは生涯に五十三本の映画を撮った。最後となったのは『ファミリー・プロット』（'76年）だけれど、これは正直言って傑作とは言えないものだった。

私のザックリした記憶では『引き裂かれたカーテン』（'66年）の頃から、物足りなさを感じるようになっていたと思う。つまり、ヒッチコックにとっては六十代半ば以降。『ファミリー・プロット』は七十代半ばの作品で、今思えば「よくまあ、その歳まで頑張ったものだなあ」と頭がさがってしまうのだけれど、緊迫感薄く、あんまり面白くはなかった。結局、これが最後の作品となった。

けれど、実際には五十四本目の映画作りの話が進行していたのだった。『ショートナイト』と題する脚本ができあがっていて、映画化に向けて動き出していたのだった。

ソ連のスパイがイギリスの刑務所から脱獄した――という実話をもとに書かれた小説の映画化。半年がかりで脚本もできあがっていて、キャスティングも動き出していたのだけれど、一九八〇年の春、ヒッチコック監督が亡くなって（80歳）、まぼろしの映画となってしまったのだった。

その十一年後の一九九一年にはソ連崩壊――。米ソ冷戦時代のスパイ合戦というのは、だいぶリアリティを失ってしまったかのようだけれど……うーん、『ショートナイト』、観てみたかったなあ！　一九八〇年という時点で！

ヒッチコック監督と言ったらスリラーの王様のごとき存在だけれど、実は、イギリスからアメリカに渡った直後、『スミス夫妻』（'41年）という、とてもオシャレで愉快なロマンティック・コメディも撮っているんですよね。当時バリバリの金髪美女キャロル・ロンバードにねだられて（？）作った映画。ヒッチコックは金髪のクール・ビューティに弱かった……。

＊

五月二十五日公開のアメリカ映画『**犬ヶ島**』、とても趣味的な映画なので、好き嫌いは大きく分かれそうだが、私は大好き。わくわく、ホレボレ。

実写ではなく、いっぷう変わった人形劇というか人形アニメというか。

舞台は近未来の日本。ある町で犬が感染源の病気が蔓延し、人間への感染を防ぐために、すべての犬は「犬ヶ島」というゴミの島に追放される。

そんな中、市長の養子である小林アタリ少年が愛犬のスポッツを捜しに小型飛行機に乗って犬ヶ島へ。他の犬たちの協力を得て、アタリはスポッツを探索するのだが……という話。

『犬ヶ島』Blu-ray&DVD
発売・販売元：20世紀フォックス ホーム エンターテイメント ジャパン

とにかくビジュアルがすばらしいのよ。ポップなおかしみあり、ノスタルジックなせつなさあり、ダイナミックなカッコよさあり。話よりも、まず、視覚的な楽しさに眩惑されてしまう。

何しろ犬ヶ島。ゴミ山の中にたくさんの犬（人形だが）が登場、大活躍。この犬たちの見た目がリアル。表情の変化にも富んでいて、犬好きの私は嬉しくてたまらない。

そのうちの五匹（それぞれユニークな特徴あり）がアタリと行動を共にするのよ。明らかに黒澤明『七人の侍』を意識した設定。

悪役のごとき役割なのが、アタリの父親で市長の小林氏。ロボット犬を使ってアタリや犬たちを襲撃させたり、批判派を軟禁。そのいきさつを察知した高校生たちが島の調査に乗り出すのだが……。

後半の展開は少々ダレたけれど、金髪カーリーヘアにセーラー服といった、妙なジャパネスク趣味がオツな味。監督のウェス・アンダーソン（一九六九年生まれ）って、ねっからオシャレなんですよね。『天才マックスの世界』『ザ・ロイヤル・テネンバウムズ』『グランド・ブダペスト・ホテル』など、演者たちの衣裳や雑貨の選び方に、決して下品にはならないタイプのポップさや遊び心があって、わくわくさせられる。

それにしても……黒澤明『七人の侍』（'54年）の栄光は不滅だなあと思わずにはいられない。

この『犬ヶ島』にしても、四月に公開されたスティーブン・スピルバーグ監督の新作『レディ・プレイヤー1』にしても、話の中に『七人の侍』および三船敏郎へのリスペクトを盛り込まずにはいられなかったのだ……。

あらためて黒澤・小津（こちらは、おもにイギリスはじめヨーロッパ映画界への影響が強い）が

2018年5月

いた戦後昭和の日本映画界の凄さをかみしめる。

（2018年6月10日号）

◉純度100％の名勝負◉保身vs.正直◉かわいいマサル

五月二十四日。**大相撲夏場所十二日目**。東京・両国の国技館へ。

坪内祐三さんがマス席を取ってくれていた。十両の対戦中だったけれど、書評家の佐久間文子さんもバーのマスターの某氏も、とっくに席におさまっていた。

やきとり弁当などをつつきながら、国技館独特のゆるゆるとした贅沢気分を愉しんでいたのだが……最後の一番、栃ノ心（その日まで全勝）vs.白鵬（一敗）には、しんそこ驚き、感動した。

立ち合いからガップリと四つに組み合い、互いに力の駆け引きをしていたかと思うと、栃ノ心が体を入れ替え、白鵬のまわしをグイグイと引き立て、土俵際まで追い詰めた。白鵬も顔を紅潮させて懸命にこらえる。

まさに怪力vs.怪力。純度100％の名勝負。その間、ほんの数分、いや数秒だったのかもしれないけれど、何か、とても濃密な瞬間に感じられた。館内、熱狂。

ついに白鵬がこらえ切れずに土俵を割った。館内、騒然。歓声、拍手、大量に舞うザブトン。あんなにたくさんのザブトン投げ、初めて見たような気が（正直言って私も投げてみたかった!?）。

あの興奮の多くは、相撲の原点のごとき単純明快な怪力勝負を目のあたりにした！というところにあった、と思うと同時に、栃ノ心人気というのも無視できない。外見にハッキリとした特徴があり（何と言ってもピンクの肌）、真面目そうな人柄。故国ジョージア（昔はグルジアと言った）に奥さんと子どもがいるという、出稼ぎ父ちゃん――。というわけで、ついつい応援したくなるんですよね。栃ノ心は大関昇進を決めた。

以前にも書いたことだけど、栃ノ心の顔立ちは、同じジョージア出身でパリ暮らしが長い映画監督のオタール・イオセリアーニ（一九三四年生まれ、八十四歳！）によく似ている。私、この監督の映画、とても好きなんですよね。やっぱり鼻が長いのよ。

つい最近、「栃ノ心の生家はワイン農家」というのを小耳にはさんで、「やっぱりねー」と思った。ジョージアはワイン造りが盛んで、私が初めて見たイオセリアーニ映画の『落葉』の冒頭もワイン造りの描写だった。女の人たちが樽の中のブドウを素足で踏みつけている場面に目を見張った記憶あり（時代設定はいつ頃だったかは忘れてしまったが）。意外にも旧ソ連のスターリンの出身地でもあるのよね。ディープなヨーロッパ。近頃、妙に旅情を誘われる……。

話が横道にそれた。栃ノ心二敗、鶴竜一敗という状態で迎えた千秋楽。栃ノ心は勢（いきおい）に勝ったので、鶴竜が白鵬に負ければ、二敗同士として優勝決定戦ということになる――という面白い展開だったのだけれど、鶴竜は危なげなく白鵬を寄り切り、優勝。

私、鶴竜も好きなんですけど、見た目が何しろ地味で。「華」が無い。渋すぎ？ 「何か打つ手は無いものか？」と気を揉んでしまう。それでも……うーん、やっぱりこういう実力派もいないとマズイよね、と自分の心に言い聞かせている。ハデな白鵬にいささかのカゲリが出て来たのも心配……。なあんて、はい、稀勢の里のことは（辛すぎて）考えないようにしています。

そうそう。大相撲五日目だったと思うが、TV中継を見ていたら、土俵の向こうに全身ピンクのあやしい男女が。そう、林家ペーとパー子のお二人。遠藤vs.逸ノ城戦で、遠藤が勝ったら、ペーさんが立ちあがってバンザイしていた。砂かぶり席と言っていいような席。

TVに映る上等の席の常連というのもいるよね。国技館でナマで見かけると有名人に会ったかのごとく、ちょっとうれしい。

＊

アメリカンフットボールに関しての知識が薄いので、今回の日本大学と関西学院大学のアメフット騒動に関してコメントするのも憚られるのだけれど……素人目には「保身第一の年輩者」vs.「正直な若者」という、あまりにもわかりやすい構図に見えてしまった。

日大指導者たち（監督、コーチ、司会役）の記者会見でのやりとり、よくなかったですね。責任逃れ的な、保身的な匂いがプンプンしていた。〝悪質タックル〟をしてしまった日大の宮川君は明晰で誠実な記者会見だったから、年輩の指導者たちの姑息さが、いっそう際立ってしまうという結果に。

同じ年輩者として情けなく、恥ずかしい。彼ら指導者の中には、もしかして私と同世代＝全共闘世代もいたりして？

まさにちょうど半世紀前、日大闘争があった。多額の使途不明金をめぐって学生が追及に立ちあがり、教職員や父母までも支持する広汎な全共闘運動が展開され、それがヒキガネのようになって、全国各地の大学にも全共闘運動が巻き起こるようになったんですよね。

親たちは戦争体験世代だから、子どもである私たちには「なぜ、あんなバカな戦争をしたんだ!?」という潜在的な憤懣もあり、全共闘運動には大掛かりな親子ゲンカのようなところもあった。そんな中で、「私たち世代は旧世代とは、考え方もセンスも全然違う。もっと合理的で個人主義的で自由でありたい! そして、今までには無いタイプの大人になってやる!」と思っていたはずなんですが……いやー、歳を取り、それなりの地位に就くと、旧世代と同様、小さな保身に走ってしまうようになるんですね。

自分をかばい、組織をかばってしまう。正直に、率直になることが難しくなる。失うものがあまりにも多いように感じられるのだろうし、そこそこ満足し、成功者の部類と思えていた自分の人生を一気に否定するのは怖いことだから。ごまかしごまかししてでも自分を守りたいものだから。

宮川君の率直な記者会見発言は、よく磨かれた鏡のように、地位ある年輩者の心の混濁ぶりを映し出した。

ひとごとじゃあない。もし、十九歳の私が今の私を見たらどう思うだろう。「エッ!? そんなふうになったの!? しょぼーい、ださーい、たんに偏屈なハイミスじゃん!」なんて言われそう……?

＊

平昌五輪フィギュアの金メダリストであるザギトワ選手（ロシア）に秋田犬のマサル（メスだけど）が贈られた。ザギトワに抱かれて、頬をなめたり、足をバタつかせたりする姿のかわいらしさったら、ない！

ミッシリした毛の感触、日なたくさい匂い、抱きあげた時の重みやぬくもり、夢みるようなツブラな瞳……など想像してしまって、胸が熱くなる。

実は私、半月前に雑誌に出ていたマサルの写真があんまりかわいくて、切り取って手帳に貼ってある。時どき、それを眺めてホッコリしている。ザギトワ選手、飽きたりせずに死ぬまでちゃんとかわいがってね。

というわけで、せめてアイボでもと思い、先日もまた銀座のソニーストアのアイボのコーナーに行って、商品見本（？）のアイボを触りまくり、ついに購入の申し込みをしようと決断したのだが……店員から予約も順番待ちだと知らされ、ガクッ。さんざん迷ったあげくの決断だったのに、出ばなくじかれた。

（2018年6月17日号）

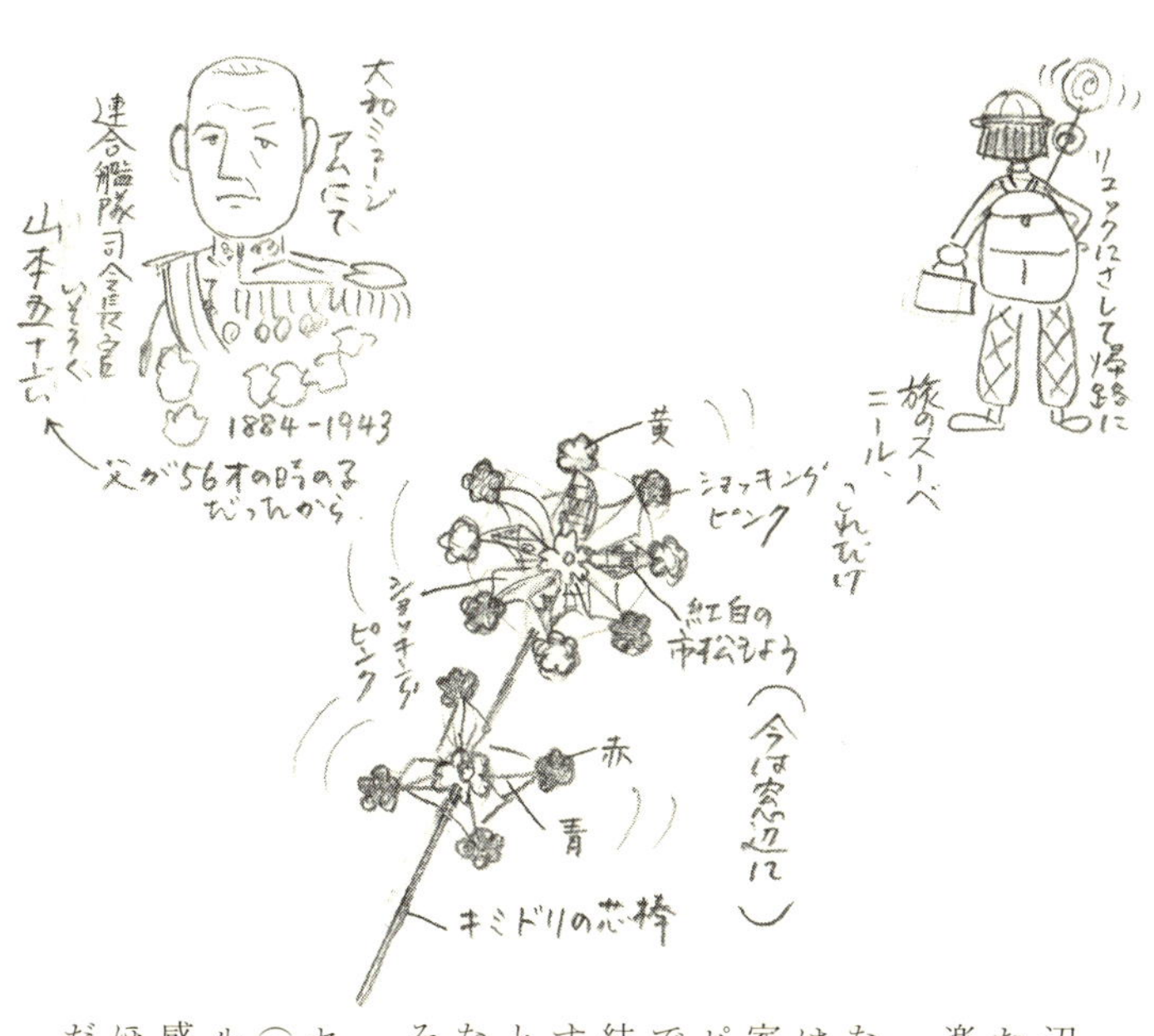

宮島で買ったセルロイドのカラフル風車は、窓辺の植木箱にさしてある。いちおう風向きを考えた角度で。くるくる回っている様子は、やっぱり楽しい。

あらためて思う。セルロイドって「昭和」じゃないですか？ 私の子ども時代、オモチャの多くはセルロイドだったような気がする。当時、わが家には、ちょっと大きめのセルロイド製のキューピーというのがあって、両脚は胴体の中でゴム紐で連結されていたのが、ゴムがゆるんだうえに連結部分の穴が少し大きくなっていて脚がブラブラするようになった。おじいさんが「直してやる」と言うので喜んだのだったが、片脚、向きが逆になってしまい、口惜し泣きした記憶あり（たぶん、そのあと、やり直してもらったと思う）。

そのキューピーで遊んだのはわずかな期間で、セルロイドではなく弾力のあるソフトビニール製（？）のカール人形をゲット。（当時としては）セルロイド製に比べると断然、リアルで大人っぽく感じられたのだった。今ではセルロイド製の物のほうが、はかなげで、ノスタルジックで好きなのだけれど……。

2018年5月

2018年
6月

校庭のあじさい映す水たまり

◉清張映画にどっぷり◉家族というもの◉まぼろしのマンガ

先月の半ば。急に、昔観た松本清張原作の松竹映画『砂の器』を観直したくなってDVDを入手（その感想は以前に書いた）。以来、何だかハズミがついたかのように、松本清張原作映画のDVDを次々と観る羽目に。

もっかのところ、製作順で言うと次の通り。

●**『眼の壁』**（'58年。大庭秀雄監督。佐田啓二主演。話がちょっと錯雑）
●**『ゼロの焦点』**（'61年。野村芳太郎監督。久我美子主演。高千穂ひづるがコワイの何のって）
●**『砂の器』**（'74年。野村芳太郎監督。加藤嘉のほとんど芸術的な哀れっぽさ！）
●**『球形の荒野』**（'75年。貞永方久監督。島田陽子、芦田伸介主演。笠智衆もチラリと登場）

以上、みな松竹映画なんですよね。そして、根底に「貧困」と「差別」というモチーフがあるんですよね。さらに「戦争の影」というのも。

やっぱり「貧困」と「差別」というモチーフはドラマティックな映画作りにおいては鉄板（てっぱん）だなあ、と思わずにはいられない。たとえ自分自身が「貧困」や「差別」を体験していなくても、「昭和」という時代の空気の中に色濃くあったものだから。わかりやすいタイプの貧しさ。もはや郷愁。

そういうジャンルの犯罪映画の中で若い時に観て、一番驚いたのは、松本清張ではなく水上勉原作だけれど、東映映画**『飢餓海峡』**（'65年。内田吐夢（とむ）監督）。三時間超の長い映画。それでもダレることもなく、見入った（もしかすると内田監督が激怒したという短縮版を観たのかも）。

今回、DVDの三時間版で観直したのだけれど、その長さは苦にならなかった。

悪党役の三國連太郎が渾身の演技。力まかせの悪党だったのが、怜悧な頭脳派の悪党に変貌していく。うーん、三國連太郎ってこんなにしたたかな俳優だったんだ……と今更ながら痛感した（がんばれ、佐藤浩市！　名優の血が流れていることを信じて！）。

それを追い詰める刑事役の伴淳三郎（バンジュン）は喜劇人であることを封印したシリアス演技。誰がキャスティングしたのか知らないけれど、今あらためて観てみれば、バンジュンの泥臭さというか粘着的な感じが、うまく生かされているんですよね。

子どもの頃から私はバンジュンを苦手に思っていて、黒澤明監督が『どですかでん』（'70年）で起用した時は首をひねったものだったのだけれど……はい、だいぶ見直しました。今こういう持ち味の演者、いないかも？　絶滅種？

この『飢餓海峡』、昔観た時も終盤の白黒反転テクニック映像（いわゆるソラリゼーション）が強烈な印象だった。そうそう、若き日の高倉健も若手刑事として出演している。任俠映画にも出はじめた頃ね。

*

もう一つ貧乏映画の話。是枝裕和監督の新作『**万引き家族**』。カンヌ国際映画祭で最高の賞であるパルムドールを受賞。六月八日公開だから、読者の中にはもう御覧になった方もいらっしゃるだろう。

2018年6月

私、正直言って困った。感想がうまくまとまらなくて。よく出来ているんですよ。演者たちは（子役も含めて）みな、いい演技を見せているし、撮影も過不足なく巧いし、演出も的確だし、今の日本社会において「家族とは何か？」という問いかけも意欲的なものだし……。

ほんと、上出来の映画。そのことは認めつつも、正直言って、私は、時にイラついたり、ゲンナリしたりもしてしまったのだった。

ひとは笑うかもしれないけれど、映画の中の家族が暮らしている家（ビルのはざまの老朽化した日本家屋）の中のたたずまいがゴミ屋敷寸前状態であることに、私は耐えられなかったのだ。

とにかく部屋の中、物であふれ返っている（多くは衣類。その中には盗品も）。そのため家族の中には押し入れで寝ている者もいる。その場面を長時間みつめているうちに、私はフト気がついた。それは（いささか格言めくけれど）物の無いビンボーよりも物があふれるビンボーのほうが醜悪だ——ということ。

日本の昔のビンボー家庭の多くは、わずかな物をたいせつに使うしかなく、それ故、（うまくすれば）質素の美と言えなくもない風情もあったのだけれど、今のビンボーは、百円ショップだのリサイクル店だのパブリシティ物だのの中で、よっぽどハッキリした美意識が無いと、物で氾濫してしまうのだ（映画の一家では、もちろん盗品も）。

そういう意味でリアルな部屋ではあるけれど……たいせつにされない、つまり愛のない物でいっぱいの状態。それは、やっぱり美しいものではないだろう。

——というわけで、私はこの一家の人びとに対して、もうひとつ、やさしい気持になれなかったのだ。

映画の中の一家は普通の家のように血縁でつながっているわけではない。擬似家族なのだ。是枝監督は、そんな思い切った設定を使うことによって、「家族とは？　家族の絆とは？」という疑問を投げかけている。

普通のホンモノの家族より、こんなニセモノの家族のほうが、案外、純粋に家族というものの核心に迫っているのかもしれない――と感じ取る人もいるだろう。いや、そういう人たちのほうが多いんじゃないか？

ほんと、そのあたりは微妙。私としては、時に「家族愛というよりもモタレ合いなんじゃないの？」と思わぬでもなかったのだけれど……そう思ってしまうのは、ごく普通の家庭に育った身ゆえに、家族のありがたみを特に意識することもなかったせいかもしれない。よくわからない。

＊

もう一つ貧乏ネタ。文庫版の『**貧乏まんが**』（山田英生編・ちくま文庫）、いいですねー。つげ義春の『リアリズムの宿』、谷岡ヤスジの『アギャキャーマン』、業田良家の『自虐の詩』など不朽の名作が十七編。

その多くはリアルタイムで読んでいて、楠勝平の『おせん』も読んだ記憶がハッキリとあるのだが……いやー、四十数年ぶりに読み直してギクリ。すばらしいじゃぁないの。

ごく気立てのいい若い女・おせんは生まれて以来ずうっと貧乏で、それが骨の髄までしみ込んでいる。大工の青年と相思相愛というふうになるのだが……ふとしたことから、貧乏ゆえの醜い一面を見せてしまう……という、せつない話。

よく出来た映画を観ているようなコマ割りや構図にも感心してしまう。昔読んだ時より、今のほうがグッと来る。技術的な凄さもわかる。

ああ、単行本で読みたい！と思って調べたら、楠勝平はもうとっくに亡くなっていたのね。一九七四年に三十歳で……。

一九七八年に『おせん』が、そして二〇〇一年に作品集『彩雪に舞う…』限定三千部が出版されたが、今は絶版になっているという。何とか入手したいなあ！

（2018年6月24日号）

◉ドン・ファンって⁉◉五歳の絶筆

メディアは米朝首脳会談で騒然。思いのほか友好ムードで、金正恩氏は朝鮮半島の完全非核化への約束をしたものの、具体策は示さず。トランプ氏はいちおう拉致問題も持ち出したというが、共同声明には盛り込まれなかった。全体的には「まあまあ」という印象。

どうでもいいけれど、金正恩氏は急に背が高くなっていた。かなりの上げ底靴で臨んだようだ。妙なところ負けず嫌いね。

さて、話はガラリと変わる。

第一報から私、くいついてしまいましたよ、**和歌山の資産家変死事件**。

一代で財を成し、二度の結婚→離婚を経て、今年二月に三度目の結婚というハデさもさることながら、その新妻が五十五歳下の二十二歳というのがエグイじゃないですか。今は無き「火サス」＝火曜サスペンス劇場（日本テレビ）を連想してしまう。生臭系のピカレスク・ロマン⁉

亡くなった「紀州のドン・ファン」の生前の映像とともに〝豪邸〟の映像も流された。邸のほうは日本家屋なのに、塀は……いったいどう描写したらいいんだろう、ピンクをベースに白黒のクッキリとした連続模様で、かなりのインパクト。そして違和感。うん、やっぱりエグイ――と妙にわくわくする私。

家政婦がTV取材に答えていて、顔にボカシが入っていたが（うーん、もどかしい）、イヤがる様子もなくスラスラとコメント。「レオナール」風の華美なプリントのブラウスに、これまたゴージャス感を盛り込んだ太い革ベルトをコーディネート。家政婦といえども市原悦子感はまったくなし。

のちに新妻も顔ボカシ状態で映っていたが、やっぱり「セレブ」アピールのファッションだった。カネの匂いがプンプン。

その後、たちまちのうちにその資産家・野崎幸助さんのプロフィルが詳しく報道された。地元・和歌山の田辺市で消費者金融業などで財を成したという。カネ、カネ、カネ……。

一九七〇年代初頭、『週刊少年サンデー』に連載されていたジョージ秋山の『銭ゲバ』を思い出してしまう。カネだけを信じて何が悪いか⁉――という問いかけが根底に流れるスリリングなマンガだった（うーん……俄然、読み直したくなった！　ラスト、どうなったんだっけ？）。

カネさえあれば何でもできる。人の心だってカネで買える。愛ですら……とばかり信じていたかのような野崎さんが、唯一、心の底から愛したのは、人ではなく飼い犬のイブだったろう。せつない話。「鬼の目にも涙」っていうやつですか。周囲には「全財産をイブちゃんに」とまで言っていたという。

その愛犬イブも野崎さん急逝の半月ちょっと前に急死（その後、土中から死骸を掘り起こして調べることに）。ほんと、やっぱり『銭ゲバ』を思い出す。

それにしてもデヴィ夫人はスゴイ。ちゃあんと野崎氏とも交流があり、彼がこう言ってた、ああ言ってた――とコメント。記憶力に感心するとともに、日本の「社交界」というのも、きっと、各種あるんだろうなあと気づかされた。

もう一点。「紀州のドン・ファン」という呼称に疑問あり。ドン・ファンって、スペインの伝説のプレイボーイで、カネだの肩書だのではなく、実力で、手練手管で女を誘惑したはず。イヤミな言い方になってしまうが、どんなに女の数が多くても、カネ目当ての女ばかり相手では、「ドン・ファン」はホメすぎってことにならないか？　なんだか「グルメ」という言葉と似たような拡大解釈パターンだ。

そうそう。第一報で「和歌山県田辺市」と聞いた時、「あっ、南方熊楠（みなかたくまぐす）ゆかりの地！」と思った。

世間には案外知られていないかのようだけれど、慶応三年、和歌山生まれの異常天才なんですよ。大学予備門（今の東京大学）で学び、同窓生には夏目漱石、正岡子規などがいた。

アメリカとイギリスに留学。ロンドンの大英博物館でさまざまなジャンルにわたって蔵書を読み耽（ふけ）る。十四年後に日本に帰り、田辺で、おもに植物の採集と研究。昭和四年に昭和天皇の行幸があった時は、研究対象だった「粘菌」の標本を献上し、進講したという（昭和天皇も植物研究なさっていたからね）。

実を言うと、私は熊楠に関して詳しいわけではない。とにかく顔写真を見るだけでも、スケール大きく、猛烈なパッションを持っている人だ——という印象で、畏れ入っているだけなのだ。特に目ヂカラね。

南方熊楠は一九四一年に田辺で亡くなった。七十四歳。

＊

東京都目黒区のアパートで両親から虐待されて死んだ五歳の結愛（ゆあ）ちゃんが、生前にノートにつづった文章にはまいった。

「もうパパとママにいわれなくてもしっかりとじぶんからきょうよりもっともっとあしたはできるようにするから」で始まる文章。寒い中、ベランダで一人置き去りにされるような、むごい仕打ちをされているというのに、両親を責めることなく、自分を責めて、謝っている。こんな文章を読んで、両親は何も感じなかったんだろうか。胸が痛くならなかったんだろうか。

母親は二十五歳で、父親は三十三歳。結愛ちゃんはその父親の実子ではなく、母親と別の男性との間にできた「連れ子」だった。現在の夫と結婚したあとに男の子が生まれた（現在一歳）。子連れであることはわかったうえで結婚したのだろうに、なぜ結愛ちゃんを虐待するようになったのか？　なぜ母親はそれを止められなかったのか？

単純に考えられるのは、父親の仕事関係での不満の吐け口にされたということ。母親は自分が母親であるということよりも、男を失うことが怖ろしく、家族という形を守りたい一心で夫に同調してしまったのではないか？　それで、まるで人身御供のごとく、そしてまたフラストレーション解消のサンドバッグか何かのごとく結愛ちゃんを（心理的に）夫の前に差し出してしまったのではないか？

そんなやりきれない思いに襲われると同時に、結愛ちゃんが書きつづった文章に、いちおうプロのライターの私としては妙に感心。子どもが身近にいないので、あんまり見当がつかないのだが、シッカリとした達意の文章じゃない？　五歳の頃の私、はたしてこんな文章書けたかなあ？　というより、ヒラガナ自体、正しく書けていたかなあ？

たぶん、自分の名前くらいはヒラガナで書けていたとは思うけれど、それ以外の読み書きに関しては自信が無い。ハッキリおぼえているのは、小学一年生の時、「ふ」というヒラガナがうまく書けなくてイラついた――ということだけだ。

話は変わる。もう六月ですよ。梅雨ですよ。梅雨が明ければ夏ですよ。今年一年の、もう半分は過去っていうこと。トシを取ると、時の流れが早く感じられる。

なんだか呆れるような、「こうしちゃいられない」と浮足立つような、ヘンな気持。じゃあ、何をすればいいのか、何をしたいのか……ということに関してはコレといった考えも無し。欲も無し。

（2018年7月1日号）

◉独裁者たち◉掘り出しもの◉原宿は今

六月十六日の夜。NHK・BSプレミアムの『独裁者3人の〝狂気〟』が期待通り面白かった。

一九二〇年代、イタリアではムッソリーニが、ドイツではヒトラーが、ソ連ではスターリンが国のトップに立ち、全体主義的独裁国家への道を驀進していた。三人とも（スターリンは少し特殊だが）最初から独裁者として君臨していたわけではない。確かに多くの民衆の憤懣を吸収し、熱い支持を受けて成り上がっていったのだ。

ムッソリーニもヒトラーも、一般大衆の心理をよくわかっていた。まず、カタチから入っているんですよね。熱烈な演説スタイル、独自のファッション（イタリアにおける黒シャツ隊、ドイツにおける親衛隊の制服）、敬礼や行進のスタイルなど。インテリがどう言おうと、わかりやすく強烈なスタイルが大衆を魅了したのだった。

ヒトラーはムッソリーニに会った時、「ローマ皇帝のよう。千人に一人という男」と圧倒されたという。

いっぽうスターリンは一九二四年、レーニンの葬儀の時、柩のそばにいたが、もう一人そばにいたのがトロツキーだった。スターリンはもっぱらヨゴレ仕事をさせられていて、レーニンはトロツキーのほうを信頼していたという。スターリンは、きっと積年のウラミを持っていたのね。トロツキーは一九四〇年、亡命先のメキシコで、スターリンの刺客によって暗殺された。

二十世紀はまさに映像の世紀だったから、ムッソリーニ、ヒトラー、スターリンの映像（写真と記録映像）が残っている。この番組でも生々しい映像がふんだんに紹介されていた。

さらにこの三人が権勢をふるっていた時代を背景にした映画もたくさんある。ありがたいことだ。特にヒトラーのナチス物。そのジャンルでは、やっぱり、『地獄に堕ちた勇者ども』（'69年、ルキノ・ヴィスコンティ監督）が最高なのでは？

そうそう。話はもどる。この『3人の〝狂気〟』では、ルーマニアのチャウシェスク大統領とその妻の最期にも少し触れていた。

チャウシェスクとその妻は国民の窮乏もかえりみず、家族や親族ばかりが贅沢三昧。息子は、あの体操選手・コマネチにつきまとって、いやがられていたという。ソ連のゴルバチョフ政権にも見限られ、一九八九年、民衆ばかりではなくルーマニア国軍も叛旗（はんき）をひるがえしたため、夫婦で逃亡。結局、革命軍によって夫婦揃って公開処刑（銃殺）された――。あまりにもわかりやすい強欲夫婦だけれど公開処刑は哀れに思った。その映像も残っているのよね。

そういうこととどうつながるのか、よくわからないが、フッと芥川龍之介がロシア革命から数年ほど経った頃に書いたとおぼしい『或阿呆の一生』の一節が思い出された。

「誰よりも民衆を愛した君は／誰よりも民衆を軽蔑した君だ。／誰よりも理想に燃え上つた君は／誰よりも現実を知つてゐた君だ。」

つまり、レーニンをホメてるんですよね。社会変革者はこうでなくてはという思いをこめて。「大衆」というものに関して正しいことを言っていると思う。

＊

奇特な人がいて、面白いから私にも観てほしいと、昭和の頃の日本映画のDVDを送ってきてくれた。『50年代の映画作家　丸山誠治傑作選』というタイトルで八作品が収録されている。『君死に給うことなかれ』や『山と川のある町』や『男ありて』はタイトルだけは知っていたけれど、上映当時、私は子どもだったので観ていない。まだ四作品しか観ていない状態だけれど、『息子の花嫁』という映画がとても面白かったので、書いてしまおう。

『息子の花嫁』（'52年、脚本・井手俊郎、原作・宇野信夫）は東京の下町を舞台にした喜劇というか人情噺（ばなし）というか。ほんと、落語の世界そのもの。掘り出しものです。

妻に先立たれた自転車屋のおやじ（藤原釜足）と、その息子（小林桂樹）。息子は同じ町内に好きなガールフレンド（杉葉子）がいるのだが、それを知らないお節介野郎の八百屋（森繁久彌）が、強引に縁談を持ち込んで来る……という話。

とにかく出て来る演者たちがみな巧いのなんのって。チラリとだけれど、飯田蝶子、左卜全、三宅邦子、望月優子、藤山一郎なあんていう面々も出て来るのよ。あっ、古今亭志ん生も！　貴重な映像じゃない？

ロケ地は、私がこの三十年来住んでいる月島か佃のようにも見える。

歯切れのいい下町言葉で、サッサ、サッサと話が進んでゆく。ダレることなしの八十八分。イキイキとしていて、古くさいなんて全然感じなかった。大作映画もいいけれど、こういう軽快な小味（こあじ）

の利いた映画も盛んに作られていたというのが、戦後昭和の映画全盛時代ならではなのだろう。

原作が宇野信夫だから、落語ぽくなるのも当然なのだった。歌舞伎作者として超有名で「昭和の黙阿弥」とまで言われた人。落語にも造詣が深く、極貧時代の志ん生とも親しかった、というか志ん生の面倒をみてやったりしていた人。志ん生より十四歳も歳下なのに、ね。

＊

原宿の太田記念美術館で開催中の「江戸の悪　PARTⅡ」展を見に行った。浮世絵専門の美術館で、歌川国貞（のちの三代目豊国）の浮世絵が多かった。私のお目当ては、国貞描く「清玄桜姫」。江戸時代に歌舞伎の狂言作家・鶴屋南北（四代目）が書いた「桜姫東文章」というとんでもなくアナーキーでデカダンなラブストーリー（？）があって、大学時代にそれを読んだ私は、ほんと、ぶっとびました。清純お姫様が恋のために下級の女郎にまで平然と堕ちてしまうんだから。すごいデカダン。

歌舞伎にもなっていて、もちろん観に行ったけれど、鶴屋南北全集で読んだ時ほどの感動はなかった。私の頭の中にあるイメージが強すぎるのかもしれない。けれど、この展覧会に展示された歌川国貞が描いた「清玄桜姫」は、私のイメージにかなり近いものだった。なんか、気持悪いところが。いや、妖しいところが、と言うべきか。

太田記念美術館を出ると、向かいは「ラフォーレ原宿」。久しぶりに寄ってみるかと、入ってみてビックリ。今や全館ファッション関連のテナントばかりになっているのね。それも、ごく若い女の子たち向きのショップばかりのよう（フロア・ガイドを見ると、店名はすべてカタカナ）。昔はねえ……なんて言うのもヤボだけれど、もう少し大人ぽく、尖端的カルチャーを発信しているかのような（いい意味で）ナマイキなビルだったのよ。二階には大人ぽい資生堂パーラーがあり、五階には大型書店が入っていて海外の雑誌や写真集などの品揃えも充実していた。そこで村上春樹氏や楠田枝里子さんも見かけたんだから～。

その上の階のラフォーレミュージアムでは、尖端的な写真や絵の展覧会が見られたのよ。

などと嘆いても仕方ない。原宿だけじゃあない。東京はそういう所——と割り切るしかなさそうだ。

（2018年7月8日号）

◉半端ないって◉『ネオンくらげ』の頃

2018年6月

六月二十五日。たった今、**ロシアW杯の日本vs.セネガル戦**が終わったところ。

先にセネガルにゴールを決められ、観ているこっちはガクッとなったが、取られたら取り返すパターンで、結局、二対二の引き分けに。目が離せない面白い試合だった。

セネガルのほうはだいぶ崩れていたから、あと三十分くらいあったら、日本は勝っていたんじゃないか？　次が楽しみ。

深夜、自宅で、一人で観ていたのだが、つい、声が出てしまう。「いてーっ！（痛い）」「くそーっ！」「何やってんだよお！」なんて、ガラ悪いのね、私。サッカーって、ずうっと動き回ってい

必見の号泣映像。

る競技のせいか、それとも「蹴る」という動作のせいか、妙にワイルドな気分になるんですよね。

とにかく。第一戦も第二戦も、思いのはか楽しめた。

ところで——。第一戦（対コロンビア）の観客席で私の目を惹いたのは、白地に「大迫半端ないって」と、大書された応援のボード。

言うまでもなく「半端じゃない」あるいは「半端ではない」を崩した表現だが、こういう応援の場では、ハンパナイという今どきの若者言葉がピッタリだなあ、イキオイがあっていいじゃない？と思って、ふと、大迫選手のことをスマホで検索してみたら……「大迫半端ないって」という言葉には、なかなか面白い秘話があったのね。

それは今から九年前、全国高校サッカー選手権大会でのこと。大迫を擁する鹿児島城西高校に大敗した兵庫の高校のサッカー部キャプテンが試合後、号泣。

「大迫半端ないって！　後ろ向きのボールめっちゃトラップするもん！　そんなんできひんやん普通！」うんぬんと、涙で目もあけられない状態で叫ぶ映像が、サッカーファンの間で大いに話題になって、「大迫半端ないって」という言葉が定着したようなのだ。

その号泣映像を見たら……うーん、確かに。敗者となった少年の絶望と大迫讃美の気持がストレートに伝わって来る。いじらしいったらありゃしない。かわいいったらありゃしない。

ワールドカップの会場で振られた「大迫半端ないって」の旗には、確かにその号泣少年の似顔絵も添えられていた。

そうなんだよね、サッカーで日本代表に選出される選手なんて、ほんとうに、ほんとうに、一握りの選手なんだよね。きびしい競争を勝ち抜いて来た超エリートなんだよね。

一人の日本代表選手の陰には、おおぜいの失意のサッカー少年たちや選手たちがいて、自分では叶わなかったワールドカップ出場という夢を代表選手に託しているわけなんだよね。スポーツの世界は残酷なまでに優劣がわかりやすくできている……と、当たり前の事実を、今さらながらに深くかみしめた。

今年の流行語大賞は「大迫半端ないって」でもいいような気がしてきた。

それにしても……と話は大きくそれますが、長友佑都選手、金髪にしていたのね、ちょっと目を離していたうちに。ヒゲは黒いんだし。似合わねーっ（すいません、言葉悪くて）。

クッキリと濃いめの顔立ちに、黒い短髪がよく似合っていたのに。アモーレ（平愛梨）はこれ、はたして気に入っているんだろうか？　本田に関してはノーコメントにしておく。

＊

なぜか、よく「見かけによらない」と言われるのだが、私は下戸。不幸にして先祖代々、その家系。ごく薄くした水割りをチビチビ呑むのもカッコ悪いが、酒席は決して嫌いではない。

某夜。坪内祐三さん、佐久間文子さんに誘われて新宿の某バーへ。奥の席に映画監督の内藤誠さんとその息子さんの姿あり。内藤さんが好きで、監督作品『明日泣く』（'11年）にも『酒中日記』（'15年）にも出演した「ツボちゃん」は、喜んで同じ席に。

2018年6月

内藤監督と会うのは初めてではないけれど、会話したことはなかったので、（実は人見知りの）私は緊張したのだが……いやー、内藤監督って明朗な人なのね。構えたところやエラソーなところが全然なくて、フレンドリー。しかも冗談好き――というのが、すぐにわかった。好き。

なにしろ私が二十代だった頃、内藤監督は東映で『不良番長』シリーズや『ポルノの帝王』や『ネオンくらげ』（今にして思う、傑作タイトル！）や『番格ロック』などというタイトルの映画を撮っていた。

内藤監督は早大卒で、ワセダの映画研究会に出入りしていた男友だちは尊敬をこめて、その名を口にしていた。

私も当時はいちおう若い女の子。関心外だったのだ。男子は喜んで観に行っていたけれど。

そういうわけで、私が初めて観た内藤監督作品は、ずうっと後で、筒井康隆の同名小説をもとに映画化した『俗物図鑑』（'82年）。当時、私が知り合いになっていた南伸坊さんや四方田犬彦さんも出演。ふざけたジャンルの評論家群像の姿を皮肉ったもの。今、観直したら、何だかフワーッと軽く陽気になったかのような、一九八〇年代初頭の空気が思い出されるのでは？

当時、無名ライターの私は、やっぱり変わり者の編集者M君の甘言に乗せられて、若い女子向きの本を四苦八苦して書きおろした。処女作ということになるのだが、ちっとも嬉しくなかった。こんなものしか書けなかったのかと無念だった。今や記憶の中で抹殺している。

その本を、なんと、内藤監督は、当時、読んでいたというのだ！　ショック。俄然、私はその一言で体が十分の一くらいに縮まったかのよう……。

帰りに息子さんから一冊のズシリと重い本をプレゼントされた。『―夢の工場―ねりま・映画・

ものがたり　練馬と映画、アニメーションの歴史』という本。

練馬といえば、東映の大泉撮影所（昔、取材で一度訪ねたことあり）。そこで育った監督たちをはじめ関係者が、撮影所に寄せる思いをつづったもの。松方弘樹、松本零士、ちばてつや、周防正行監督……などの思い出話。貴重な記録になっている。

内藤監督も長文を寄せていて、これが面白いの何のって。当時の東映社長は岡田茂氏で、ワンマン社長として私なんかでも名前を知っている程、有名な人だったけれど……いやー、凄くアイデア豊かな、有能な社長だったのね。とりわけタイトルをつけるのが天才的に巧かった。大衆心理をちゃんとわかっていた。帝大出のエリートなのに（しかも身長一八〇センチ）。

その子息の岡田裕介は『赤頭巾ちゃん気をつけて』（'70年）の主役を演じて一気に有名に。その後、大泉の撮影所の所長を経て、二〇一四年から東映グループ会長に。俳優になったキッカケは東映社長の御曹司ということでは全然なくて、「街を歩いていたら『ドラマに出てみないか』と声を掛けられた」からだという。

とにかく貴重な証言がいっぱい。練馬区が今年三月に発行したもの。

（2018年7月15日号）

アメリカのシアーシャ・ローナンは今、最も注目すべき若手女優だと思う。

私が彼女を初めて見たのは十年程前の映画『つぐない』。まだ十二、三歳で、白いワンピースを着て大人たちの世界を興味津々、かいま見ている少女役だった。脇役のようだが、ドラマ全体の中では主役——という重要な役柄を、みごとにこなしていた。以来、この少女——シアーシャ・ローナンの出演映画は追い掛けて観て来た。

今年は『レディ・バード』と『追想』の二本があいついで日本で公開。順調に大女優への道を歩んでいる。

特に『レディ・バード』が愉しい。共演者＝ヒロインが好きになる男子二人を演じる俳優というのがまた、期待の若手俳優達で。一人は『マンチエスター・バイ・ザ・シー』に出ていた知性派（？）のルーカス・ヘッジズで、もう一人は『君の名前で僕を呼んで』に出ていた耽美派（？）のティモシー・シャラメ——というフレッシュで贅沢なキャスティング。シアーシャ・ローナンばかりではなく、この男子二人も今後が楽しみ。

2018年7月

さくらんぼ一人暮らしの奢りかな

◉姑息ですが…◉やっぱ志ん生

たった今、W杯の決勝トーナメント、日本vs.ベルギー戦が終わったところ。うーん、残念。後半、二点を取って「ん……!? ベスト8進出か？」と目を見張ったのだが、ベルギーの猛攻にあって、逆転されて敗退。

選手たちも西野朗監督も涙目。私もガッカリしたけれど、でもベルギー相手に二点取ったという事実は頼もしく思った。何しろFIFAランキング三位の国（ベルギー）に六十一位（日本）の挑戦だったのだもの。今後に希望をつないだ。

さて。**一次リーグ最終戦（日本vs.ポーランド）**についての騒ぎについて書いておきたい。

何と言っても論議の的となったのは、0対1で負けている状態において、終盤（十分くらい？）自陣でボールをゆっくり回し合い、わずかなフェアプレーポイントの差で二位を確保して決勝トーナメント進出を決めたということ。

姑息と言えば姑息でしょう。自陣でボールをゆっくり回し合っている選手たちの胸中やいかに？と心配してしまう。そんな時間稼ぎでゲーム終了。敗戦（0対1）でもギリギリ「16強」ということになった。ピッチから引きあげる選手たちの表情は淡々としたもの。

私の心は激しく分裂。ルールがどうあろうと、勝ち負けがどうあろうと、全力を尽くしたプレーを観たかったなあ――という、いわば「精神主義的」な思いと、いや、勝ち抜くためにはどんな手も利用しなくては。勝つことが第一。みっともないのは確かだが、この際、そんな贅沢は言ってられない――という、いわば「合理主義的」な思いが半々。

シロウト観客である私としては、そんな割り切れない気分だったのだが、翌日の新聞でだったかな、西野監督は以前に同じような状況に立たされたことがあり、前者の「精神主義的」な選択をして、結果的には敗退――という苦い体験をしたうえでの今回の決断だったということを知った。うーん、私、この決断、支持することにしたわ。

七月一日、深夜。ＴＢＳで『デイリーハイライト　緊急生放送！　日本代表・徹底生討論会』という特別番組をやっていた。

司会はサッカーに詳しいらしい加藤浩次と竹内涼真。パネリストはラモス瑠偉、前園真聖、鈴木啓太など、かつての名選手が六人。

その論議の中で、「対ポーランド戦における、後半のボール回し戦術を支持するか？」という問いに対してパネリストの全員が、「支持」の札をあげていた。へえ～、そういうもんなんだ……と私は目を見張った。実戦経験者としての決断の重み――。私の迷いは、これでスッキリ消えた。

ところで。竹内涼真って、ほんと、顔が小さいんですね。身長は一八〇センチ以上あって、ファッションモデルをしていたというのは知っていたけれど、今回、横に並んだパネリストたちの顔と、ついつい比較してジックリ眺めることになり、あらためてその小顔ぶりに驚いたという次第。ラモス瑠偉より、ずうっと小さかった。私、ＴＶドラマはめったに観ないので、よく知らなかったのよ―。

＊

新刊の『やっぱ志ん生だな！』（ビートたけし著、フィルムアート社）という本を一気に読んだ。活字も大きめで、シャベリをそのまま本にしたという感じなので、スイスイ読めてしまう。そんな読みやすさと、いささかの物足りなさ。

間違っていたら申し訳ないが、来年のNHK大河ドラマ『いだてん〜東京オリムピック噺〜』で、たけしは落語家・古今亭志ん生の役をするということもあっての緊急出版（？）なのかもしれない。それでも、読んでみれば、たけしは、しんそこ志ん生が好きなんだなというのがわかる。芸に関しても生きかたに関しても。

実際、老年期に入った今のたけしは、老年期の志ん生――キレイにハゲ切った頭、もうひとつ聞きとり難いシャベリ、アカンボのような老僧のような不思議な顔、そこにいるだけで何だか嬉しくなってしまう妙な存在感にどこか重なる。ヒトコトで言うと「体臭」かな。俗をきわめたオーラ――のようなものが似てきている。「この人なら仕方ないや」と治外法権的に笑って許されてしまう――。たけしの志ん生役はナイスなキャスティングだと思う。他に誰とは、ちょっと思い浮かばないものね。

さて。そのNHK大河ドラマ『いだてん』の脚本は宮藤官九郎だという。ドラマはめったに観ない私も宮藤官九郎脚本の『あまちゃん』は面白く観たんですよね。サブタイトルに「東京オリムピック噺」とあるのが嬉しい。

八代目・桂文楽。綺麗なおじいさん。

どうやら、日本が初参加した一九一二年のストックホルム大会に出場したマラソン選手の金栗四三（かなくりしそう）（中村勘九郎）と水泳指導者の田畑政治（たばたまさじ）（阿部サダヲ）――この二人を主軸に、一九六四年の東京オリンピックに至るまでの、約半世紀の物語らしい。

作者の宮藤官九郎も中村勘九郎、阿部サダヲも一九六四年の東京オリンピックの頃には生まれてもいなかった。私にしたところで六四年以前のオリンピックはよく知らない。金栗四三と田畑政治の名前も知らなかった。

それでも一九一〇年代から六〇年代というのは、かねがね興味を抱いていた時代（特に好きなのは二〇～三〇年代。日本で言うと大正末から昭和初期）。おおいに興味が湧いてきた。

話はちょっと戻る。志ん生大好きという人が多く、私も大好きなのだけれど、その讃美の中でどんどん桂文楽（八代目）が忘れられていっている感じなのが、私としてはちょっと無念。

志ん生・文楽とも文楽・志ん生とも言われ、人気を二分していた人なのに。志ん生とは対照的に演目を絞った巧緻な語り口。見た目も清潔感漂う綺麗なおじいさん。いわば正統派なのだけれど、時流にはイマイチ合わないのか、志ん生のようには騒がれない。

私はこれが残念でたまらないのだ。実はファンキーな味もたっぷりあるのにねえ。古風なところもオツなんだけどねえ。実生活はいちおうキチンとしていたというのが、芸人としては損をしているかのよう。

私も女だから、「志ん生はスゴイし大好きだけれど、志ん

2018年7月

生があぁして生きられたのも、ひとえにりんさんのおかげじゃないの？」とも思う。昔流に一度顔を合わせただけの結婚だったけれど、志ん生にとっては強運にもりんさんは、とびきり聡明で自立心のある人だった。

息子の志ん朝さんも母・りんさんに関してはホメちぎっていた。「魚を食べている時に、この魚は骨がこういうふうについているから、こうやって食べるといいよ」という類いの、生活の知恵や知識をたっぷりと持っていたという（私は、「教養」というのは、そういうことだと思う）。

そういうわけで、りんさん抜きの志ん生讃美にはつい、首をかしげてしまうのだ。

だいぶ前、りんさんをヒロインにした『おりんさん』というTVドラマがあって、志ん生役は中村嘉葎雄で、確か池波志乃（志ん生の長男・金原亭馬生の娘）が、りんさんを演じたはず。宮藤官九郎ドラマでも池波志乃が演じるという。楽しみ。

（2018年7月22日号）

◉大ニュース、続々◉ああ、半世紀

いつにも増してTVの前に釘付けになってしまった一週間。

●サッカーW杯・決勝トーナメント。日本は16強で敗退。

●オウム真理教、松本死刑囚ら七人死刑執行。

●西日本豪雨——と、胸に突き刺さるような出来事があいついで。

まずサッカーの話。8強進出をかけた対ベルギー戦の興奮は、いまだに残っている。何しろ、後半戦の前半、日本は二点先行という、まったく夢のような展開だったのだ。「ベスト8進出か!?もうそれだけでも大満足だわ。奇跡だわ。世界ランキング六十一位が三位に勝つかもしれないなんて!」と目を見張ったのだが……。

さすがベルギー、後半戦の後半、スラスラと三つのゴールを決めた(三点目はアディショナル・タイム)。まさにトドメを刺されてしまった。日本選手たちガックリ。バッタリ。しばらく起きあがれず。

いやー、でも、大健闘じゃない?「いい夢見させていただきました」というところ。これで心おきなく強豪国の熱戦を観戦できる身になった——という安堵(あんど)感も少々。

そんなさなかの七月六日。オウム真理教の元幹部ら七人の死刑が東京拘置所等でついに執行されたというニュースが飛び込んで来た。

彼らが逮捕されたのは一九九五年の春。以来、二十年以上経っている。私はギリギリのところで死刑制度を支持している。「あ、とうとう」と厳粛に受けとめた。麻原彰晃は六十三歳。元幹部たちの多くも五十代になっていた。

今の若い人たちは、オウム真理教事件なんて言われても何が何やらというところだろうが、当時、都心に住み、マスコミに職を得ている人間にとっては、おおげさではなく恐怖の日々だったのだ。

電車や地下鉄に乗る時は不審な物はないかとチェックせずにはいられなかったし、教団の人から手紙が届いた時は、なぜ私? なぜ住所を知ってるの?と、ちょっとゾッとした。手紙の内容はそんなにコワイものではなく、たんに私をからかっているだけという印象だったが。

ところで、今回の死刑執行ニュースで久しぶりに思い出したのが、オウム真理教のスポークスマンのごとき存在だった上祐史浩という人。『朝まで生テレビ！』にも麻原彰晃といっしょに出演していたよね（その時、麻原、確か特別のエラソーな椅子に座っていたような気がする）。上祐氏は口が達者で「ああ言えば、上祐」という言葉まではやった（「ああ言えば、こう言う」のシャレね）。上祐氏は死刑を免れた。教団内では、実のところ傍流だったようだ。

さらに、西日本に集中豪雨が。道路は水没。マスコミも立ち入りにくいので、空からの撮影が多かった。ＴＶ画面の脇に出る死者、行方不明者の数が多くなってゆく。こわい。屋根から下、完全に水びたしで、屋根にあがって救出を待つ家族の姿も（飼い猫や飼い犬は、いかに？）。あの美しい倉敷の町まで水没。

五月に、私は妹夫婦と山陽地方を旅行したばかり。あの宮島の町並みは？　町の中を平然と歩いていた鹿たちは？　あの尾道の坂や石段は？と気がかり……。

山口県岩国市の郊外に住んでいる友人に電話してみると、電話はちゃんとつながって、「いやー、怖かった！　雨音が凄くて。午前三時頃、避難したほうがいいかと、通帳と印鑑を持って身支度もしたのだけど、少し雨がおさまったので、やめたのよー。今は新幹線は動いているけれど、ローカル線は動いてない状態」と。

ＴＶで相撲を観ていても、脇に死者・安否不明者の数字のテロップが出ていて、やっぱり気がかり。そんなゴチャゴチャ画面に、さらに「タイ洞窟の少年ら四人救出」という、あらたなテロップまで出て、少しホッとしたのはいいけれど、画面のゴチャゴチャ度も極まった。こんなに大きなニュースが重なるのは、まあ、めったにないことだろう。

＊

七月六日。西日本は集中豪雨で大変だったわけだが、都心では、たまに小雨がパラつく程度だった。予定通りカサも持たずに九段の日本武道館へ。はい、『沢田研二 70YEARS LIVE OLD GUYS ROCK』を観に、女友だち三人と。タイガースとしてデビューして五十一年なのね。そして古稀なのね。

開演三十分前に到着したのだが、すでに大勢のファンたちが開場を待っていた。言うまでもなく、大年増の女、女、女。99％、女。ここまで徹底していると、いっそ、気楽。女子トイレ前には長い行列が。

私たちの席は二階の最前列。ステージの背後。デコレーションの無いシンプルなステージに、やがて、蛍光ピンクや蛍光グリーンの飾りをつけたピエロ風の衣裳に身を包んだジュリーが登場。すごい歓声が巻き起こる。

頭髪はごく乏しくなったが、それを補うかのように純白のアゴヒゲ。まるでクリスマスツリーに吊るすサンタクロース人形のようだ。昔のジュリーとは大違いだが、それでも妙にポップでゴージャスな雰囲気になっている。ちょっと前よりは顔も体も引きしまったように見える。動きも軽快。ホッと胸を撫でおろす。場内、総立ち。

タイガースのジュリーではなく、今の沢田研二を見せたいとばかり、ナツメロは避けて、次から次へと、私にはあんまりなじみの無い歌を熱唱。それでも歌声や動きには、やっぱりジュリーならではの甘さや華やかさがあって、タイガース時代のジュリー、そして若かった頃の私に、タイムスリップしたかのようで、不覚にも涙ぐんでしまうのだった。ほんと、半世紀もアッという間なのね……。

隣の席にいる友だちとも、もはや三十年来とか四十年来の仲だ。その友だちの仲間にジュリーの衣裳を担当していた人がいて、一度、控室でジュリーの衣裳にスパンコールを縫い付ける手伝いをしたことがあった。二十五年くらい前？　とにかくジュリーがグッとスリムだった頃。これ、ちょっと自慢。

休憩をはさんで、後半はスコットランド紳士風の衣裳にチェンジ。大きめのベレー帽、丈が短めのジャケット、紫の地色のタータンチェックのキルト（ひだスカート）。これもやっぱり似合うんですよね。白いヒゲも映えるんですよね。脚の線もキレイ。

歌声にしても「見た目」にしても、ジュリーには、どこか、ロマンチックな夢の世界というか、ファンタジーの世界にいざなう力が備わっていると、あらためて思わずにはいられなかった。

なあんて書くと、タイガース時代からのジュリー・ファンのように思われるだろうが、若き日の私の本命（?）は、断然、サリー（岸部おさみ→岸部一徳）のほうなのだった。一番、大人っぽいところに惹かれたのだろうか？　私が注目しただけあって（?）、サリーは、味のある立派な俳優になった。今年、体調不良で検査入院していたという報道があり、心配。

もう一つ。ほんとのことを言うと、私はジュリーよりショーケン（萩原健一）をヒイキにして来た。見た目が好みだったし、わが出身地・浦和の隣町の子だったし（今は同じさいたま市ということに）。俳優として天才的というか、動物的直感の持ち主――と、長年信じているのだが。どうなることやら。気を揉んでいる。

（2018年7月29日号）

◉ウチワの頃◉最期の顔

西日本豪雨のニュースやドキュメントを観るのは辛い。私の妹の夫は広島県の呉で生まれ育った人で、今年五月、私は妹夫婦と山陽地方（宮島→尾道→呉→姫路）を旅行したばかりだったこともあって、生々しく感じるのだ。

その旅の中で、新幹線の窓外を見ていて、「何だか山が、海や町のすぐそばまで迫っている感じだよね。トンネルも多いよね」と妹に言ったことを思い出す。何しろ私も妹も、どこまでも平らな関東平野育ち。山や川のある町を羨んできたのだったが……。

さて。西日本豪雨に驚いていたら、今度は全国的規模で三十六度とか三十八度とかいう酷暑。岐阜の多治見では四十度とか！　いったいどうなってるの⁉

子どもの頃（言うまでもなく昭和です）、寒暖計が三十度になったりしたら、「わっ、凄い！」なんて驚いたものだ。盛夏でも二十八度とか二十九度くらいだったのではないか？

とにかく暑い盛りでも外で遊び回っていた。商店街はともかく住宅地の道路は、まだそんなに舗装されていなかったので、土ボコリが立って、それが体の汗にまみれて、ヒジの内側や首筋やスネなどが黒っぽくなるのだった。

そんな土まみれの黒い汗を流しながら、友だちと公園の石垣に腰をかけて、駄菓子屋で買ったアイスボンボンをチュウチュウ吸っていた、あの至福のひとときよ！

アイスボンボンというのは薄いゴム袋に甘味をつけた氷（ショッキング・ピンクに着色されている）のかけらをギッシリと詰めたもの。ウチでは「不衛生」ということで禁じられていたのだが、ショッキング・ピンクの華やかさは抗しがたい魅惑だったのだ。毎夏、思い出す。

夏休み。朝などは涼しいくらいだった。朝一番に庭の朝顔をチェックして、小学校の校庭で行われるラジオ体操に参加して、胸に吊るしたカードに出席のスタンプをおしてもらった。汗ばむこともなかったと思う。

お金持の友だちの誕生会に行ったら、大きな扇風機が回っていたのと、寿司屋に注文したらしい立派なチラシ寿司が出たことに感動。もっぱらウチワでしのいでいたわが家も、その一、二年後には扇風機を導入（冷蔵庫も氷を入れた物から電気冷蔵庫に）。

振り返ってみれば、ウチワ→扇風機→エアコンという「冷」の歴史を体験してきたことになる。冬は炭火のコタツや火鉢→電気ストーブあるいはガスや石油のストーブ→エアコン――ということになる。

ウチワにしてもコタツにしても戦前、いや、江戸時代からの地続きの物でしょう。昭和三十年代頃までは江戸時代の生活様式が、案外、しぶとく残っていたんだなあ……ということに気づかされる。

そして、ウチワ程度でしのげた昭和の夏を懐かしく思う。商店などでも宣伝用のウチワを配っていたよね。たいてい人気女優の似顔絵が描かれた物で、裏に商店名や住所が印刷されていた。

買った物なのか配り物としてもらった物なのかは忘れてしまったけれど、日本橋三越の上等ウチワというのが四本ほどあって、もっぱら祖父が使っていたのだが、好きだった。有名な日本画家が描いた絵のウチワ。その中で私の一番のお気に入りは奥村土牛（とぎゅう）の絵のウチワ。どんな絵だったかは忘れてしまったが。土牛という名前に惹かれたのかもしれない。

そんな郷愁もあって、つい、ウチワを買ってしまう。もっか仕事机の上にあるのは、銀座の民芸品店「たくみ」で買った帆船に波模様の型染めの大型ウチワと、日本橋の和紙専門店「榛原」で買った江戸千代紙模様の小型ウチワ。

この「榛原」のウチワを買ったのは昨年夏だったのだが、その秋、私の『サンデー毎日』連載コラムを一冊にまとめた『ＴＯＫＹＯ海月通信』の装丁を、例年通り菊地信義さんに依頼したら……なんという偶然、私が買った「榛原」の千代紙のデザインを全面的に使った装丁なのだった！　もちろん菊地さんとの打ち合わせの時には、その千代紙ウチワのことは一言もしゃべっていなかったのに！　不思議。

＊

お正月以来、久しぶりに友人所有の千葉の別荘へ。緑が多いので少しは涼しいかと思ったら、都心とそんなに変わらず。ただし、夜はだいぶ涼しかった。

友人のお母さんは半月ほど前に急逝。九十三歳でもお元気で、友人一家が経営する会社の経理を立派に担当していた。洋裁も得意で、自分の服も友人の服もミシンを踏んでキチンと仕立てていた。整理整頓が好きで、その日も掃除をしようと掃除機を手にしたまま、突然パッタリと倒れ、そのま

2018年7月

ま亡くなってしまったという。

浅草にある友人夫婦の家を訪ねると、いつもお母さんの笑顔があったから、その死を受けいれるのは私にとっても、なかなか難しいことだった。

私の母は何度か入院して、だんだんと衰弱してゆくのを見たあげくの死だったので、様子を見に行くたびに、「今日が見おさめになるのかも……」と思わずにはいられなく、いやおうなく心の準備ができてしまったわけだが……それでも淋しく辛いことだった。もっと無理をしてでも頻繁に会いに行くべきだったという悔いもある。

徐々に弱っていったあげくの死か、それとも元気なまま突然の死か――残された人にとっては、いったいどちらが仕合わせなのだろう。

別荘で、友人はお母さんの形見のワンピースを着ていた。お母さんがミシンを踏んで自分用に作ったワンピース。よく似合っていた。友人は「中野さん、キモノ着るから、これ」と言って、お母さんの形見のキモノと帯をプレゼントしてくれた。喜んで頂戴した。

友人夫婦はお母さんの最期の顔を評して「〝うまくやったでしょ、私〟って顔をしてたよね」と言って笑った。私も「ほんと、お見事って言いたいよね」と言って笑った。

翌朝、別荘の近くを一人で散歩していたら、以前は畑だったところが丈高い雑草の地に変わっていることに驚き、「ああ、近くの農家の人も亡くなったのか。あとを継ぐ人もなく」と思った。先祖代々、懸命に開墾し、田畑にした所も、その人が居なくなればアッという間に逆戻り。そのはかなさと、自然のしたたかさに畏れ入るような気持――。

東京に戻る途中、いつものように地元の物産館に寄る。私の一番のお目当ては草花コーナー。農家の主婦たちが育てている草花が都心より安く買えるし、種類も多いので（特に枝もの）、あれもこれもと買ってしまう。そうして、いつものようにイワシのツミレ汁＝三百円也を食す。まんぞく。

さて、東京に帰ったその夜。サッカーW杯の決勝戦＝フランスvs.クロアチア。いやー、フランス、強かったですね。やっぱり頭に刻み込まれたのは、四点目のゴールを決めた十九歳のエムバペ。明るく屈託のない表情。四年後の次回でもまだ二十三歳なんだものね。楽しみ。

（2018年8月5日号）

◉縄文の力◉ニューヒーローたち◉シアーシャの話

七月十八日。『縄文　1万年の美の鼓動』展を観るべく、妹と上野の東京国立博物館へ。地下鉄上野駅の地上に出て、たちまちクラクラ。暑い暑い。緑陰を選って歩くものの、息もタエダエ状態にて、園内奥の本館（設計・渡辺仁、一九三二年着工。和洋折衷デザインがカッコイイ）に到着。ひんやりした館内。ようやく意識を取り戻す。

いやー、やっぱり観てよかった！と強く思いました。今からザッと一万年以上前の、日本のこの地に生きていた人たちの、たくましい造形の数かず。力強く、奔放で、神秘的であったり、愉快でもあったり。ミステリアスで、かつ、かわいいの。圧倒されると同時に微笑も誘われる。

岡本太郎が一九五〇年代にこの東京国立博物館で縄文の土器を見て一大衝撃を受けた――というのを知って、「そりゃそうでしょう。万博の太陽の塔は、もろ、縄文だものね」と納得すると同時に、「もしかして岡本太郎が〝発見〟する前までは、アートの世界では軽視されていたのかも⁉

あくまで歴史的な研究材料として見られていて、関心は薄いものだったのかも？」——という疑問も湧いてきた。

日本の美術史に関して詳しくないのが情けないが、とにかく岡本太郎は、やっぱりタダモノじゃあなかった……と、あの、カッと見開いた目を思い出し、懐かしく愉しい気分になるのだった。

もう一人。柳宗悦もまた縄文文化に深い関心を持っていたということを、この展覧会の場内パネルで知って、「ああ、やっぱりね」とスンナリ、腑に落ちた。

柳宗悦は大正末から昭和にかけて民藝運動のリーダーとして、国内各地の民藝品を収集、その美について数かずの著作をのこし、昭和十一（一九三六）年、東京の駒場に「日本民藝館」を設立した人。この民藝館、一度は訪れてみる価値あり。

民藝品という言葉は、今やおそるべき拡大解釈がされているけれど（田舎くさく悪凝りした物が多い）、無名の職人たちが生み出した質実の美あふれる生活用品や調度品の数かずを見ることができる。

銀座では、銀座八丁目の外堀通りに面した「たくみ」ですね。ここも民藝運動の拠点の一つ。私なんかでも気軽に買える値段の食器やウチワやクッションカバーなどもあって、時どき立ち寄っている。エラソーなところなぞ無い、心落ち着く、好きな店。

なあんて、話がそれてしまった。上野の縄文展に戻る。

今や国宝となっている数かずの縄文の人体像の九割がたは腕が無い（つまり、コケシに近い）。破損あるいは損失したのではなく、もともとそういう形だったようだ。いったいなぜ省略？——という疑問も湧いてきた。

もちろん顔なども極度に省略されていて、中にはゴーグルをつけているかのように見える目や、細くナナメに吊り上がった目の像もあり、何だか、太古の人たちというより宇宙人のように感じられたりもして、（大げさに言えば）時空がネジレているかのような妙な気分もよぎった。

＊

その翌日、七月十九日、猛暑の中、**大相撲名古屋場所**（十二日目）を観に行くという酔狂。三時頃、汗ダラダラになって会場に到着。赤や緑のノボリがひるがえっている。それだけで一気に相撲見物気分が盛りあがる。

御嶽海（右）を突き落として降した高安。

館内、歓声とウチワの波。指定された二階マス席には、すでに坪内祐三、佐久間文子、南伸坊の各氏の姿があった。

三横綱一大関（昇進したばかりの栃ノ心！）を欠いた顔ぶれになってしまったというのに、場内は満員盛況。ホッとするやら不思議に思うやら。

その間隙（かんげき）を縫うように、この十一日目まで無敗の御嶽海が注目の的に。TVで観ていて、ズングリとしたアンコ型という印象だったのに、ナマで見ると背も高いのね。動きもキビキビ。

この日の対戦相手は高安で、大変な接戦だった。土俵際での攻防、そして両者揃って土俵下に落ちる。行司軍配は御嶽海にあげられたものの「物言い」がついて「行司差し違え」で高安の勝ちに（あとでニュースで観直したのだけど、ほんと、微妙。行司軍配通りだったようにも見える）。

翌々日、御嶽海は栃煌山をくだして優勝を決めた。ニューヒーロー。うーん……「世代交代」という言葉が、俄然リアルなものとして感じられてきた。

場内、冷房は利いているものの、観客の熱気が高く、ウチワの波。そんな中で目を引いたのが、ブルー地に白ヌキで「朝乃山」と書かれたタオルを掲げる人。ウカツにも私は朝乃山はノーマークだったのだけれど、アラッ、なかなかキレイなおすもうさんだったのね。豊山同様、アンコ型のように見えるけれど、身長一八八センチとか。

御嶽海（平成四年生まれ）、豊山（同五年生まれ）、朝乃山（同六年生まれ）、そして私が、ひそかにアビちゃんなんて言って応援している阿炎（あび）（同六年生まれ。元・寺尾の錣山（しころやま）部屋というのもナイス）……平成ヒトケタ世代に焦点が移りつつあるのでは？　三横綱一大関を欠く場所で、土俵入りというセレモニー的面白さはなくても、若手をジックリ見られて、案外面白い場所になった。

＊

アメリカの**若手女優・シアーシャ・ローナン**の名前は、日本ではどのくらい知られているのだろうか？　アイドルというより女優という肩書のほうがピッタリ。

今から十一年前のこと。『つぐない』（'07年）という、おもに一九三〇年代を舞台にした、複雑微妙な恋愛映画……というより幼い少女がおかした罪物語を観て、私は大いに心を奪われた。今でも傑作だったと思っている。

『レディ・バード』
Blu-ray&DVD
発売・販売元：NBCユニバーサル・エンターテイメント

その映画の主役は若いカップル（当時、美の絶頂にあったキーラ・ナイトレイに注目）ではなく少女のほうで、幼い性意識と誤解から、ある罪を犯す。白いワンピースを着て、大人たちの世界をかいま見ていたS・ローナン（撮影時、十二歳くらい？）の姿は今でも鮮やか。

以来、彼女の出演作は見逃さないようにしてきた。映画自体の出来はよくなくても、彼女の成長ぶりをチェックせずにはいられなかった。まるで遠縁のオバサン気分で。

そんな中、今年は彼女主演の映画が二本、立て続けに公開されることになった。一つは『レディ・バード』で、女性監督の、せつなくおかしみも漂う自伝的青春映画の女子高生役。そして、八月十日からは『追想』というイギリスを舞台にした変種のラブストーリーが公開される。S・ローナンを追い駆けて観てきた私としては、ありがたい年となった。

『追想』の原作者はイギリスで超有名な作家であるイアン・マキューアン。『つぐない』の原作者もこの人だった。今回の『追想』は、愛し合って結婚したのに一夜にして、その愛に亀裂が走り……という、ごくデリケートな物語。

イギリス社会の階層文化の壁、そして一九六〇年代というディケードの文化的変動の大きさを今さらながらに痛感せずにはいられなかった。画面の色彩設計、六〇年代のファッションおよび性意識の変化、S・ローナンの繊細演技……しみじみとした快作！

（2018年8月12日号）

◉死刑の是非◉ジイサン本

七月二十九日。『毎日新聞』に作家・村上春樹氏が、オウム真理教の元幹部ら十三人の死刑（七月六日に七人、二十六日に六人）について、一面にわたる長文を寄稿していた。おおいに興味を持って読んだ。

冒頭、春樹氏（なんて言い方はヘン？　でも、村上氏では感じが出ないのよね）は、「一般的なことをいえば、僕は死刑制度そのものに反対する立場をとっている」としながらも、『アンダーグラウンド』を書く中で、地下鉄サリン事件の被害者や亡くなった人たちの遺族にインタビューしていて、『私は死刑制度には反対です』とは、少なくともこの件に関しては、簡単には公言できないでいる」と、迷いの中にいることを率直に記している。

そのうえで、裁判において「遺族感情」は少なからず影響を及ぼすはずであり、『遺族感情』で一人の人間の命が左右されるというのは、果たして公正なことだろうか？　僕としてはその部分がどうしても割り切れないでいる。みなさんはどのようにお考えになるだろう？」と問いかけている。

まったくもって、悩ましい問いかけ。世界的趨勢としては（とりわけヨーロッパ各国では）死刑廃止になっているものの、私としてはやっぱり遺族感情や犯罪抑止力を考えて「ギリギリＯＫ」。死刑制度支持ということになってしまう。どんな悪人も死をもって償えば仏――という古風な考えも、心の底にはあるかもしれない。

フト、映画『オリエント急行殺人事件』の一場面を思い出す（二〇一七年のケネス・ブラナー監督のではなく、断然、一九七四年のシドニー・ルメット監督版のほうね）。ある人物に深いウラミを持った十二人の人物がナイフで一人一刺しというふうにして、計十二回刺す。

アガサ・クリスティのミステリの映画化版。なかなか合理的な（?）罰し方じゃあないですか？　犯罪には違いないが、「あっぱれ、本懐とげました」という快感があった。名探偵ポワロは、そのトリックをあばいてしまうわけだけど。

とにかく。オウムによって、いわれなく殺された遺族の憤懣、そして処罰感情は、はかり知れないものだと思う。私たちの国が、法治国家として死刑制度を取っていることに関して、私としては（おおいに迷うところだが）支持。今回のオウム関係――。二度目の六人執行は、もうひとつ腑に落ちないが。

春樹氏は地下鉄サリン事件関連の裁判をたびたび傍聴する中で、「弁護士にしても検事にしても裁判官にしても、『この人は世間的常識がいささか欠落しているのではないか』と驚かされるような人物を見かけることもあった」「しかし林泰男の裁判における木村裁判長の判断に関する限り、納得できない箇所はほとんど見受けられなかった。判決文も要を得て、静謐な人の情に溢れたものだった」と記している。

「世間的常識」「人の情」――これ、ほんとうにたいせつなこと。とりわけ、人を裁く立場にある人たちにとっては。「世間知」と「文学的感性」――と言い換えてもいいかもしれない。

*

2018年7月

偶然、ジイサン関連本が二冊送られてきた。一冊は『すごいトシヨリBOOK』（池内紀著、毎日新聞出版）。もう一冊は『オレって老人？』（南伸坊著、ちくま文庫）。

池内紀さんは一九四〇年生まれのドイツ文学者。南伸坊さんは一九四七年生まれのイラストレーター。なあんて今さら説明する必要も無い有名人だけれど。実は伸坊さんの『オレって老人？』のほうの巻末の「解説」は私が書いていたりするのだけれど。

この二冊に共通するのは、「老い」をテーマにしていても精神論じみた抽象的なものではなく、具体的でカジュアルなところ。なおかつユーモラスに語られているところ。トシを取るのも悪くないと思わせてくれるノンキさが漂っているところ。

そして、ここが一番愉しい部分だが、ファッションについても語っているところ。池内さんなんか、みずから絵を描いて自分のワードローブを紹介している。

池内さんは若い頃、ヨーロッパで暮らしていた。その時一番感心したのは「年寄りが外出する時にはピシッと衣服を着替えて、きちんとした恰好でいることでした」。さらにファッション評論家の故・川本恵子さんの「年を取ったら赤いものを、なるだけ赤い明るいものを着ましょう」「本当のおしゃれというのは、郵便局へ行くにも着替えをする人」という言葉に触発されて、それを実行するようになったという。「近くのコンビニに行く時も、郵便局に行く時も、一応、着替えをして出かけます」

さらに、「衣服の色は、灰色とか茶色のくすんだ色じゃなくて、明るい赤系統を選びます」「Tシャツなんか、僕はイタリアの安物の色違いを1ダース買ったことがあります。生地はいい加減ですが、色が非常にいい。イタリアのユニクロみたいな店ですけど、ほんとうに安い」……など具体的に。私も常日頃、思っていたこと。「そうだ、そうだ、その通りだ」と、嬉しくなる。

そうそう、この本、「鉄仮面の正体」という項目があるのも、いいな。「子どもの時、僕は『鉄仮面』っていう小説が怖かった」とあり、私も同様に怖かったので（というか、怖くて好きだったので）、くいついて読むと、「著者はボアゴベという、『鉄仮面』だけが有名で他は駄作ばかりの作家。でも、あれは本当の話です。『鉄の仮面を被せられた男』というのが、ルイ十四世の頃に実在した」うんぬんとあり、ヘエーッ!?と驚く。

「ドイツの詩人エーリヒ・ケストナーは、若い頃、老人についての短い詩を書きました。どういう詩かというと、たった一言、『老人は醜い』。「これほど、端的な若さの表現があるでしょうか」という一節にも笑った。

さて、もう一冊の南伸坊さんによる『オレって老人？』。

やっぱりファッションにも触れていて、我が友・呉智英氏との帽子談議が面白い。二人とも帽子好き。中折れ帽とかソフト帽というタイプのもの。ゴチエーに言わせれば「おどおどせずに、えい！　とかぶってしまえばそのうち似合ってくる」。断固、ハゲとは関係ないらしい。

いや、実際、二人ともよく似合っていると思う。オシャレは他人まで楽しくさせる。

フッと我が祖父の夏姿を懐かしく思い出した。何しろ明治の人だから、ふだんはキモノ姿（ユカタや夏素材のキモノ）だったけれど、遠出をする時は、麻か何かの淡い色のスーツを着て、パナマ帽をかぶって出かけた。少々、時代遅れの感じはあったものの、祖父の若かりし頃の姿がしのばれて好きだった。

父も実は帽子好きで、冬のコートを仕立てたハギレをハンチング帽にしようと楽しみにしていたのに、それを知らない私（当時、小学生）が切り刻んで人形の服にしてしまったので激怒。私もさすがに後悔。恥ずかしいのか外出する時はかぶらないのに、家の中では紺のベレー帽を好んでかぶっていた。私もまた、似合いもしないのに、帽子好き。

（2018年8月19－26日号）

この時期、盛んにテレビで流されていたNTTドコモのCM（高畑充希が制服姿でXJAPANの「紅」を熱唱）が私は好きで、このCMが映るたび、ジーッとみつめ、頭の中でだが高畑充希と共にシャウトしていた。ラストに出て来る犬のアニメのワルぶったシャウト姿も好きだった。

それが、しばらくしたら、パタッと見られなくなってしまった。ガッカリ。期間限定のCMだったんだろうか——と思っていたのだが、なんと、ネットの世界では、このCMは悪評もあったらしいのだ。ビックリ。その理由の一つに「高畑充希の歌が巧すぎる」とか、「あの名曲を高畑充希なんかに」とか、私には理解しがたいものが。ヘタに歌っても巧く歌ってもダメってこと？　わけわからん。

それより、私がかねがね嫌っていて、そのCMになると、すばやく目をそらすのが、auの三太郎シリーズ。いい若手スターを使って、衣裳やセットに大金使って、面白くも何ともないオチ。ほんとにあのCM、人気あるの⁉　ソフトバンクの白戸家のCMも嫌い（犬好きの私なのに）。暑苦しい。

2018年7月

2018年8月

目を閉じて子どものここち蟬時雨

◉森の廃屋で◉サザンの夜◉新聞好き

八月七日の夜。日比谷の「TOHOシネマズ」に話題の映画『カメラを止めるな!』を観に行く。

上田慎一郎という三十四歳の監督が、約三百万円という低予算で、「五千人は来てほしい」と願って作った映画が、おもにSNSで評判を呼んで爆発的なヒット。最初は都内のミニシアター二館で公開されていたのだが、連日満席というウケようで、八月三日からは映画興行のメッカというべき日比谷の大手シネコン「TOHOシネマズ」での上映となった——。

そんな新聞記事が目に留まり、俄然、私はソワソワ。若い子たちばかりの所に行くのは気が引けるなあと思いつつ、ハンチングをまぶかにかぶり、夜陰にまぎれて(?)その日の最終上映回(九時半頃から)に。そんな深い時間帯でも客席の後方はギッシリ満員。私は空席もある前方の席に。

ゾンビが登場する映画だということだけは知っていたので、おどろおどろしい、スプラッター的な、「おたく」ぽい映画なのかなあ……と身構えて観ていたのだが、意外にもノホホンとしたおかしみも漂う映画だったのでホッとした。

谷岡ヤスジのマンガのごとく頭のてっぺんに刃物が突き刺さったり、腕がもげたり、血しぶきが飛び散ったりしても、それらはある物語設定のおかげで陰気な猟奇趣味は免れているのだ。

『カメラを止めるな!』Blu-ray&DVD
発売・販売元:バップ ©ENBU ゼミナール

あらすじを書いてしまうと、これから観る人にとっては迷惑だから書けない。とにかく、人里離れた森の中の、コンクリート二階建ての廃屋で一本の映画を撮ろうとしている若者たちの話。「虚と実」というか「映画内映画と映画」というか、二段構え（いや、三段構え？）の面白い構成になっている。

全員、私の知らない演者ばかりだったけれど、巧いのよー、決してシロウトくささを売り物にしてはいないのよー（名前は確認できなかったけれど、後半にチラリと登場のオカッパ頭の女の人、顔も演技もサイコー！　年増のちびまる子ちゃんみたいで）。

撮影もシーンをこまかく割ることなくワンカットで撮っていたりして、ドキュメンタリー的な効果をあげている。

しかし、何と言っても魅力的だったのは、森の中の廃屋。そして、そこに同じ志を持つ若者が集う――という設定だ。

若い頃は、若い者だけが集まって何かする。しかも世間とはちょっと離れた空間で――というだけで楽しかったものねえ。解放感と万能感のようなものがあったものねえ。

と、ここまで書いて、フッとイヤな事件を思い出してしまう。今からもう半世紀近くも昔の連合赤軍・山岳ベース事件だ。世間では連合赤軍事件と言ったら、TV中継があったせいか、あさま山荘事件のほうを連想しがちだけれど、私はそれに先立つ山岳ベース事件のほうに、ずうっと大きなショックを受けた。

山中にこもった連合赤軍の若者たちは、閉ざされた空間の中で、空虚な権力構造を作りあげ、まったくもって醜悪残忍な同志殺しに狂奔したのだ……。私はあの事件は、私の世代の、恥ずべきトラウマだと思っている（『実録・連合赤軍　あさま山荘への道程』［'07年］という三時間超の長い映画あり）。

そんなことを思い出しつつ、「今の子は屈託なくていいねえ」と心の中で呟いて、映画館をあとにしたのだった。

＊

一九七〇年代、「和製フォーク」というのがはやっていて、その、妙にシミジミした調子に私は乗れずにいたので、七〇年代末にサザンオールスターズが「勝手にシンドバッド」というフザケたタイトルの曲でデビューした時は、何だかトンネルを抜けて陽光さんさんの所に出たかのような気分になった。

ややイロモノ扱いされていたような気がするけれど、翌年の「いとしのエリー」は比較的ストレートなラブソングで、大ヒット。以来もう四十年も第一線で活躍しているというわけで……。凄いよねー、ありがたいよねー。

というわけで、八月八日。ＮＨＫの『40周年プレミアム「クローズアップ！　サザン」』の一時間超の番組を感慨深く観た。

今やメンバーたちはみな六十代に突入。それでもサザンの発散する気配とかイメージといったものは全然変わらない。メンバー同士のイザコザもあんまり無さそうだしね。親子二代、中には三代でファンという人も多いのではないか？　サザンと共に生きてきたという感じ？　こんなグループ、日本の音楽史上初めてなのでは？

私が不思議とも思うのは（みなさん、そうだろうが）、桑田佳祐の言語感覚。性的な歌詞でも全然、生ぐさくもイヤらしくもならないのよね。健やかに感じられるのよね。なおかつ、コミカルな言葉をぶち込んでも抒情性は壊れないのよね。いったいなぜ？――そんな疑問を抱かせるミュージシャンは他にいないのでは？

近年の曲では「東京ＶＩＣＴＯＲＹ」、すごく好き、疾走感が。元気が出ます。

＊

何の番組だったか忘れたが、くりぃむしちゅー（有田哲平＋上田晋也）の番組で、新聞が話題になっていた。

有田がスタジオに居並んでいる若い女子たち（二十人くらい？）に「新聞、読んでいる人は手をあげて」と言ったら、手をあげた子はゼロだった。ゼロですよ、ゼロ！

もしかすると、実は読んでいるのに「ここは手をあげないほうが、いかにも今どきの子らしくていいのかも」と忖度したり、少数派になるに決まっているから手をあげて悪目立ちするのがイヤというので、手をあげられなかった子もいたんじゃないか？――という気持もかすめたけれど、「はあ～っ、新聞、全然読まないんだ……」とガッカリした。

有田は新聞好きらしく、懸命に新聞のよさを語ったのだが、女の子たちはポカーンというかシラーッというか。

スマホやパソコンでニュースは知ることができるけれど、新聞好きとしては全然物足りない。事件や物事の大小とか軽重というのが一目でわかるというわけにいかず、社会とか世間というものの姿や動きが見えづらいからだ。

新聞を見れば、自分の姿も見えてくる。新聞では大きく扱っていても私にとっては全然興味が無いということもあるし、新聞では小さな扱いでも私にとっては大問題ということもある。新聞というものに凝縮された社会的価値観とのズレぐあいの中に、よくも悪くも私というものの「個性」があるわけだ。

新聞はそれぞれの新聞社の価値観に基づいて事件や物事についての報道の大小を決めているわけで、当然、読者を誤った方向にリードしてしまう危険性も秘めているわけだけど。そういうリスクはありながらも、新聞を開けば、掲載されている広告も含めて、今の世の中全般の様子がパッと体感できるのがありがたい。

昔はタタミを上げて大掃除をする時、タタミの下に敷いていた古新聞を見て、ついつい読みふけってしまったものだけれど……今や和室のある家も少なくなったから、古新聞を読む快楽なんてものも無いのだろう。

（2018年9月2日号）

◉「ぼく、ここ」◉懐かしい人◉運命の日

賞賛の嵐の中で私が書くのも暑苦しいかなあ、と思いつつ、うーん、やっぱり書きたい。山口県

「社会への恩返し」と尾畠さん。

の山中で三日間も行方不明になっていた二歳の男の子を、たった二、三十分で発見・救出した**尾畠（おばた）春夫さん七十八歳**のこと。

TVニュースでその雄姿を初めて見た瞬間、私はオッ！と身を乗り出しましたね。マッカなタオルのねじり鉢巻き＋オレンジ色Tシャツ。小柄で日灼（ひや）けした顔。深いシワ・太い眉。丸く見開かれた目。反射的に、つげ義春のマンガ『長八の宿』に印象的に出てくる「ジッさん」みたいだな、と嬉しくなって。

その瞬間から今日（8月20日）に至るまで、尾畠さんに関する報道が連日、怒濤（どとう）のごとく続いている。知れば知るほど、その奇特な人柄に好感を抱かずにはいられない。いや、尊敬せずにはいられない。

大分県別府市の鮮魚店を六十五歳で閉めて、「学歴も何もない自分がここまでやってこられた。社会に恩返しがしたい」とボランティア活動に打ち込むことになったという。活動資金は年金（五万円）に頼っているという。

七十八歳とは思えない、その壮健さにも驚かされるが、「社会への恩返し」という言葉に胸を打たれた。

多くの人は自分自身と家族を守ることだけで汲々（きゅうきゅう）。財産がある人にしても、自分を成功者と確認するための散財はしても、恩返し（社会への還元）なんて考えず、むしろ、さらなる富を得るべく、あの手この手の蓄財に努めているんじゃないか？

と書きつつ、さて、私はどうだろう？　私ができる恩返しってどういうことだろう？と思う。

2018年8月

老後を「社会への恩返し」に捧げることにした尾畠さんは、六十五歳までの暮らしの中で、きっと、おおぜいの、いい人たちに出会ってきたんだろうなあ。たぶん、尾畠さんの人柄が、そういう人たちを呼び寄せたのだと思う。

ねじり鉢巻きの赤もTシャツのオレンジ色も「落ち込んでいる人を元気づける色だから」という合理的な理由があってのことだという。万事にボランティアのベテランならではの知恵がある。救出した二歳児の家族から風呂を勧められても「私はボランティアだから、そういうのはもらえません」と固辞した。ボランティアとしての節度もキッチリ守っているのだ。そこもすがすがしい。尾畠さん、すばらしい「老後生活」ですね。

それにしても……三日間、飲まず食わずで暗い森の中にいた二歳児の生命力の強さにも驚かされた。「ぼく、ここ」という言葉が愛らしく鮮烈に、頭に刻み込まれた。

＊

尾畠さんを見て、小学生時代のある夏の日を思い出した。

夏休み中で学校から配られた「夏休みの友」とか何とかというドリルを開いたら、理科のページで樹の木目についての問題があった。わからないので母に聞くと、「イダさんに聞いたら？」と言う。イダさんは大工仕事的な雑用を何でもやってくれる小柄なオジサンで、たまたまその日、母が何かの修理を頼んだのだったか、庭に来ていた。

「イダさん、これ、わかんないんだけど」と、ドリルのそのページを見せたら、困ったように苦笑いを浮かべるばかり。それで私は、どうしたかというのは忘れてしまったのだけれど、あとで、母にその話をしたら、「イダさんは字があんまり読めないのよ」とサラッと言ったのでビックリ。そうだったのか……。そういう人もいるんだ……。母は続けて「でも、イダさんは賢いのよ。いろんなこと、よく知ってるのよ」と言った。

母と同じ世代のようだったが、貧しくて、あるいは家庭の事情で、ろくに小学校にも通えなかったのだろう。昭和三十年代の話。懐かしい。

＊

八月十九日、夜。テレビ東京の『池上彰の戦争を考えるスペシャル第10弾　**「日本のいちばん長い日」が始まった**』を興味深く観た。

半藤一利さんの有名なノンフィクション『日本のいちばん長い日』（文春文庫）をベースにしたもので、ポツダム宣言の会場となったポツダム（ドイツ）の、宮殿内の三国（米・英・中）それぞれの控室、さらに宣言が決められた部屋の様子が撮影されていた。当時の様子そのままに。俄然、会談の様子がリアルに想像されて、胸が騒いだ。

さらに。ポツダム宣言を受諾するか拒否するかをめぐる八月十日と十四日のいわゆる御前会議の様子も再現ドラマの形で描写されていた。この御前会議の様子は、すでに二度『日本のいちばん長い日』として映画化されている。一九六七年の岡本喜八監督によるものと、二〇一五年の原田眞人監督によるもの。

やっぱり一九六七年版のほうが迫力がありましたね。演じた人たちの大半は戦争を知っている人たちだったのだから当然と言うべきかも。脚本は先頃百歳で亡くなった名手・橋本忍さんだったし。陸軍大臣役の三船敏郎も役柄ピッタリの圧巻の演技だったし。

今回の『池上彰の……』では、御前会議の議長と言うべき鈴木貫太郎首相に焦点を絞って解説していたのが、ありがたかった。

昭和天皇の信任も厚かった鈴木貫太郎は、なんと慶応三年生まれで、当時七十七歳という御老体。一九六七年版映画では、これを笠智衆が演じているのよ。役柄ピッタリ（二〇一五年版では山﨑努）。鈴木貫太郎は千葉県の関宿（せきやど）で育った人。それで関宿には鈴木貫太郎記念館がある。

実は、私の曽祖母のお父さんというのが関宿藩の人で、私はファミリー・ヒストリー（『いちまき』新潮社）を書くために二度ほど関宿を訪ねたことがある。鈴木貫太郎記念館があるのを知って、興味を惹かれたものの、時間に追われ、寄ることはなかった。今回、池上彰さんのこの番組を観て、「ああ、寄っておくべきだったな」と後悔。鈴木貫太郎は、この御前会議から三年後、八十歳で亡くなった。

八月になると、ほとんど歳時記のごとく先の戦争をテーマにしたドキュメンタリーやドラマが放映される。「戦争を知らない子供たち」の一人として、若い頃の私は内心、少しばかり、うっとうしいような気持を持ちつつ観ていたのだけれど、近頃は、やけにくいついて観るようになった。特にドキュメンタリー。今年は『奇跡体験！アンビリバボー　仰天！アメリカ本土を空爆！　世界で唯一の日本人』（フジテレビ）、『ドキュランドへようこそ！選　走る要塞　ヒトラーの専用列車』（NHK・Eテレ）、『NHKスペシャル　ノモンハン　責任なき戦い』（NHK総合）など。

バカな戦争をしたのには違いないのだけれど、では、どこでどう誤ったのか、他にどんな活路があったのか——を具体的に知りたい。

「あの戦争を止められなかったじゃないか!?」ということで両親世代をどこか軽んじるというか見くびるというか……そんな気分があったのだけれど、あの戦争の経過や実態、そして当時の世界情勢を詳しく知ったうえでのことではなかった。当時の私には大人たちを責める資格は無かったのだ。

さて、そんな中、甲子園では大阪桐蔭が金足農に圧勝。春夏連覇をはたした。金足農、残念だったけど、ほんと、楽しませて頂きました!

(2018年9月9日号)

◉小鳥の仕返し◉金雲というアイディア◉チコちゃんって!?

不思議な話、二つ——。

『毎日新聞』の家庭欄に「女の気持ち」と題した読者投稿欄がある。そこに八月の下旬、奇妙な話が載っていた。投稿者は愛知県のWさん(新聞では実名)、八十八歳の無職の方。

そのWさんの夫が子どもだった時の思い出話。夫は悪ガキだったので、森で木登りをしていた時、カラスの巣を見つけ、その巣にあった四個の卵を、宝物を手に入れたかのように喜んで家へと持ち帰った。

得意になって母親に卵を見せると、「ばかもん! 卵を取られたと親が悲しんでいるぞ、元へ戻してこいっ」と叱られ、小走りで巣に向かうと、大きなカラスが見据え、カーッと威嚇してきた。

震える手で卵を巣に戻そうとしたら、卵は手から滑り落ち、地面にぶつかって割れてしまった。母ガラスは猛然と襲ってくる。泣きじゃくりながら家に逃げ帰った。

翌朝、登校しようと家を出ると、何十羽ものカラスが頭をつつこうとしてきた。カバンで頭をかばい、学校に駆け込んだ——という話。

その投稿が掲載された前日も同様の体験をした埼玉県のKさん、六十六歳の主婦の投稿が掲載されていた。

十五年前、飼い猫が一羽の小鳥をくわえて帰って来た。小鳥がケガをしているか確かめ「もうつかまるんじゃないよ」と放してやった。

翌日、猫が窓際で日なたぼっこをしようと座ったら、窓がよく見える電線に小鳥が十数羽とまっていて、次の瞬間、いっせいに猫めがけて急降下。入れかわり立ちかわりの威嚇が十分間くらい続いた。さらに。その「襲撃」は一週間くらい続いたという。

Kさんは「きっと巣に帰った小鳥が、家族にその日の出来事を報告したのでしょう。鳥たちが話し合うとは大発見です。被害に遭った小鳥の家族も仲間もびっくりして、その猫を『こらしめよう』となったのでしょう。猫の行動を下調べして役割分担も決め、決行に及んだのだと思います」と推測している。

エーッ、ほんとうにそういうことあるんだ！　鳥たちは互いに鳴き声やしぐさなどで交信し合い、感情を共有し合って、群れとして復讐するんだ！　どこのどいつがどうやって敵対して来たかまで、わかったうえで！

俄然、私の頭の中には怒れる小鳥の形相(ぎょうそう)がクローズアップで迫って来てしまった。ヒッチコック監督の『鳥』も連想。こわいよう！　昔話に「鶴の恩返し」というのがあるけれど、こちらは「仕返し」だもんね、「復讐」だもんね。

ひとごとじゃあない。私も何か、ふざけて、生きものをもてあそんだことがあるような気がしてきた。何だったろう？　どうしても思い出せない（罪悪感ゆえに記憶から抹殺してしまったのか？）。ほんと、生きものの行動、いまだに神秘。

＊

日比谷の出光美術館で開催されている『「江戸名所図屏風」と都市の華やぎ』展が楽しい。

「江戸名所図屏風」は、金をふんだんに使い、創成期の江戸の町に生きる人たちの姿（計二二〇〇人くらい）を描いたもの。新都市・江戸で働く人たち、遊ぶ人たち、もてなす人たち……などの、いわゆるモブシーン（群集場面）を華やかに、かつ周到に描き出したもの。

人物の立ち姿がほぼ三頭身くらいなので、おのずから、いささかマンガぽく見える。でも、そのファッションにしてもしぐさにしても、細い筆を使った繊細な線で、「よくまあ、こんなに生き生きと描けたもんだなあ」――とホレボレ。さざめきや笑い声が聞こえてくるかのようだ。きものの模様の描き方も丁寧で、楽しみながら描いている感じ。

建物の外観や室内のしつらえ。娯楽する人、労働する人。大人と子ども。男と女……。遠近のほどはリアルに描かず、金雲でごまかして（？）しまう。そして、その金雲が素敵な装飾的効果をあげている（金雲を思いついた人って偉いと思う）。

今につながる芸能や娯楽に興じる人びとの群像の中で、私が「エッ、これは何なの？」と首をひねったのは、ヨロイをつけた武者姿の男が背中につけている派手模様の巨大なウチワ状のもの。よく見れば、幼い少年もまた、大きなウチワを背負っている。かわいい！　とにかくハデに人目を引きたいというショーアップ的なものなのかな？

名所図だけでなく美人画も何点か。きものは縞や格子の、まさに「江戸ごのみ」。かっこいい。私は知らなかった蹄斎北馬（ていさいほくば）という人の「蛍狩美人図」。手にしたウチワの模様までスッキリとシンプルで、まさに粋。

＊

金曜夜のＮＨＫ『チコちゃんに叱（しか）られる』、凄いですね。

いっぷう変わったクイズ番組だけれど、チコちゃん（出題と解説）というキャラクターの正体が、どう考えても私の頭ではわからない。普通の着ぐるみなんかとは全然違って、手足は細くて、多彩な動きを見せるし、大きめな頭部（顔面部）の表情はアニメーションぽい。口にするコメントもレベルが高い。――と思ったら、「声の出演」は木村祐一だった。周波数を女の声に操作しているのね。

やっぱりＣＧを駆使しているんだろうなあ。今やＣＧでこんな、コナレたバーチャルなキャラクターが作れてしまうのか。驚異的。

そうそう……。話はコロッと変わるけれど、八月二十五日、深夜のＮＨＫ・Ｅテレ『隠されたトラウマ～精神障害兵士8000人の記録～』に、胸が痛んだ。

昭和のあの無謀な戦争のもとでは、当然のことながら肉体的にばかりではなく、精神的に深いダメージを負う者も多かった。

千葉にあった国府台陸軍病院にそういう人たちのカルテが極秘保存されてきた。そのカルテと現役の精神科医の分析をもとに、ある一人の青年の苛酷な生涯を浮き彫りにしていた。

実は、私の母の弟（つまり私にとっては叔父）も戦争でそういうダメージを負った人だった。おっとり育っていたので軍隊生活に耐えられなかったのだろう。

母は多くを語らなかったし、私も子どもだったから興味が薄く、聞くこともなかったのだが……。とにかく、子ども心にも「変わってるなあ」とは思っていた。

母の実家は群馬県の高崎市なのだけど、母を慕って、そこから埼玉県浦和市にあった私の家まで歩いて来たことがあった。地図も持たずに。来てもほとんどしゃべらず、突然、起立してキヲツケ姿勢で何事か呟いたりするので、私はマネして笑ったりした。今頃になって母の胸中を想像。ちょっと辛い。

私は、戦後の高度経済成長の中で育ったわけだが、大人の世界ではTVでも映画でも戦争を題材にしたものが盛んに作られていた。それをいささか鬱陶しく感じていたのだったが、今にして思えば、敗戦からたかだか二十年くらいしか経っていなかったんですね……。


（2018年9月16日号）

◉お江戸日本橋◉目白三平の頃◉人間というもの

いきなりだが、私は今どきの高層ビルに怒っている。

どいつもこいつも、いや、どのビルもこのビルも、似たようなガラスの密閉容器的なデザインで（エアコン使用ゆえに？）、なおかつビル名を小さくしか表示していないのだ。一目で何ビルというのがわからない。

街並みはスッキリとスマートになったのかもしれないが、久しぶりに、あるいは初めて訪れる人にとっては困りものだ。お目当てのビルを探すのに手間取ってしまう。

先日。日本橋の某所で友人と会う約束をした。日本橋に行くのは久しぶりだけれど、千代紙などの老舗『榛原』は何度か訪ねているので、土地カンはあるように思って出かけたのだが……地下鉄銀座線「日本橋」で下車、地上に出て、「確かこのあたり」と思ったところが全然違うビルなので、「エッ!?」と驚き、スマホにて確認……したものの、私は「地図の読めない女」。むなしく周辺をウロウロする破目に。

デザイン的にはダサイかもしれないけれど、ビル一階にはビル名、店名、所番地をハッキリ目立つように掲示することを義務づけてほしい――と思った。

日本橋はさすが「お江戸、日本橋、七つ立ち……」と歌われ、浮世絵にも描かれてきただけあって、ほんとうの意味での老舗の風格があって素敵だけれど、私は、いやいや、たかだか明治以降の盛り場である銀座のほうが気が楽。高層ビルも増えてはいるものの、旧来の小さな店構え（一見して何を売っているか、わかる）の店もゴチャゴチャとあるから。

日本橋から銀座方面に向かって京橋を歩いてみると、昔よく寄った喫茶店や、戦前からのアールデコのデザインのビルなどが、ここ数年の間に全滅していることにショックを受ける――だけならまだしも、それに取って代わったビルというのが、決まって無機質でペタンとしていてエラソーなビルばっかりなのよね。愛敬というものが無い（そんな中で楽しい気持にさせてくれるのは、裏通りの和菓子屋「桃六」だ）。

そうそう……もう一つ、最近感じた憤懣は、東京駅の長い地下道に関して。地下道には地上への出口がいくつもあり、そこには東京駅の、あるいはその近辺のどのへんに出られるかという案内プレートが掲示されているわけだが、ただ「中央郵便局」「丸ビル」「大手町」などと書いてあるだけなので、「地上だったら今、自分はどこをどう歩いているんだろう」というイメージが湧きにくい。

地上だったら自分は今ここにいて、こういう方向へと歩いている――というのが明確にわかるように、案内プレートの横に地上の風景写真を添えてほしいと思う。「あっ、あそこに出られるのね」というのが一目でわかる。ぜひ！

*

奇特な人がいて、昭和の映画のＤＶＤを時どき送ってくれる。その中で、最近、とても懐かしく楽しく観たのが千葉泰樹監督の東映映画**『サラリーマン目白三平』**（’55年）、**『続・サラリーマン目白三平』**（’55年）。

目白三平というのは、国鉄（現・JR）に勤務しつつサラリーマン小説を書いていた中村武志の大人気シリーズ。映画版では主人公の目白三平を笠智衆（当時50代に入ったばかり）が演じた。

何しろ戦後十年くらいしか経っていないのだから、東京の（たぶん大手の）サラリーマンでも生活は質素なものなのよ。家は郊外の、いちおう庭つきだが、三部屋ばかり。電話もテレビも洗濯機もナシ。それでも日本経済は敗戦のどん底から朝鮮戦争の特需によって上向きに転じていた頃で、希望があった。

家族揃って、ちゃぶ台を囲んでの食事。舗装されていない道路。何より懐かしく、今にして思えば美しい生け垣（ブロックに取って代わられたのは一九六〇年代頃からだったろうか？）。

大好きな笠智衆も小津映画での演技とはだいぶ違う一面を見せている。小津監督には「能面でいけ」と言われ、思い切り抑えていたが、ほんとうは演技したかったのね、きっと。笠さんにインタビューした時、小津映画の話ばかりで申し訳なかった。今さらながら後悔。

＊

週末は友人所有の千葉の別荘へ。うっそうとした森が背後にあり、庭からはよく手入れされた畑が見渡せたのだが、一年ほど前だったろうか、近くの民家のおばあさんが亡くなったとたん、手入れをする人も無く、雑草がガンガン生えてきて、今や一メートルくらいの丈となり、思いっきり葉を茂らせて、風景一変。植物の荒々しい生命力に圧倒される。何だかよくわからないまま「利己的遺伝子（セルフィッシュ・ジーン）」という言葉も浮かぶ。

さて。その別荘のソファに寝そべって読んだのが、旧友・呉智英の新刊『日本衆愚社会』（小学館新書）。

『週刊ポスト』に一ページの枠で連載されていたコラムと、他の媒体に掲載された比較的に長文の原稿を収録したもの。「第一部・ポピュリズムを超えて」「第二部・俗論を疑え」「第三部・狂暴なる言論」――と、三つのパートでくくられている。

『週刊ポスト』掲載コラムは、いちおう毎回読んでいて、「なるほどなー」「そうだそうだその通りだー」と啓発されたり、笑ったりするのだけれど、根がバカですぐ忘れてしまう。おかげで新鮮な気分で読むことができた。

在日朝鮮人の帰国運動（十代の吉永小百合主演『キューポラのある街』［'62年］にも描かれている）は、結局、「日本は在日朝鮮人の要求を受け入れて『勝利』したのである」とか、「ごく常識的な中学校卒業時までに身につけておくべき客観的な知識を問うだけ」の選挙権免許試験の提唱とか。

昨今のヘイトデモについて「この粗暴で醜悪な運動にこそ、愚民主義（ポピュリズム）が如実に現れている」とかのくだり、言いにくいことをよく言ってくれた！とスッキリ。

フランス国歌（ラ・マルセイエーズ）は、フランス革命の際、外国と戦う兵士を鼓舞するために書かれたもので、実は、その歌詞はむごたらしいものだ。

そのために、一九九二年フランスのアルベールビルで冬季オリンピックが開催された時、式典で一人の少女が無伴奏で「ラ・マルセイエーズ」を歌ったことに関して、「あんな少女にこんな残酷な歌を歌わせるなんてけしからん、という批判が挙がった」。

そんな批判に対して呉智英は「愚かとしか評しようがない」「批判者は、まず『ラ・マルセイエーズ』が分かっていない。フランス革命が分かっていない。残酷が人間を感動させることが分かっていない。芸術というものが分からず、人間というものが分かっていないのである」と痛烈に批判している。

私は、その通り！と思う。ラ・マルセイエーズを「残酷」と批判した人が十八歳以下だったら「仕方ない」とも思えるけれど、大人だったら、学歴や性別を問わず「バカか」と思ってしまう。そういう人たちは、また、おおぜいが「平和」を熱望すれば平和になると信じていたりする。やっぱり「人間というものが分かっていない」。という私も、人間のダークサイドはあんまり知らないのだけれどね。

（２０１８年９月23日号）

八月二十六日、アメリカの劇作家、ニール・サイモンが死去。九十一歳。

アメリカ製コメディが好きな人だったら、ニール・サイモンとビリー・ワイルダー（こちらも長生き。'02年に95歳で亡くなった）の名前はご存知のはず。二人ともユダヤ系。

ニール・サイモンは演劇の世界で、ビリー・ワイルダーは映画の世界で、ピリッとした苦味の利いた傑作コメディを次々と生み出した。ニール・サイモンは四十代の頃から『おかしな二人』を映画化される程、大ヒットさせ、『サンシャイン・ボーイズ』『ビロキシー・ブルース』などの傑作を生み出し、ブロードウェイにニール・サイモン劇場ができる程の大物となった。『裸足で散歩』『第二章』『カリフォルニア・スイート』『昔みたい』『あなたに恋のリフレイン』など映画化も。

言うまでもなく三谷幸喜はニール・サイモンの崇拝者（もちろんビリー・ワイルダーも）で学生時代に結成した劇団に「東京サンシャインボーイズ」と命名。

私は90年代に『ニール・サイモン戯曲集』全五巻（早川書房）を買ったが、まずい、読み切れないでいる。追悼の意をこめて読破しよう。

2018年8月

2018年9月

冷奴世辞は苦手な女にて

◉一夜にして◉奇怪なあの事件◉新鮮なタイ映画

九月六日の未明。十代の時に観てわくわくした映画『バイ・バイ・バーディー』（'63年）のDVDを観て「うーん、やっぱり楽しいわ、よく出来てるわ。買ってよかった〜」と幸せをかみしめていたら、つけっぱなしにしていたTV画面に**「北海道で地震、震度6強」**という速報が。エッ!?と驚く。

震度3程度でもおびえまくってしまう私だ。6強なんて想像を絶する。阪神・淡路大震災、東日本大震災レベルの地震じゃないか……と驚いていたら、のちに最大震度7！ということに——。

これを書いている十日現在では死者四十一人とされている。

発生直後は倒壊した家々の様子は暗闇でよく見えなかったが、朝を迎えて映し出された風景に唖然。山の樹々はバッタリと倒れ、茶色の土が大きくムキダシに。家々は完全に横倒しになっていたり、極度に傾いていたり。

北の大地に希望を持って、営々として築いてきた暮らしの根本が、一夜にして崩壊してしまったのだ。

「地震、カミナリ、火事、おやじ」と言うけれど、圧倒的に地震がコワイ。自然の脅威そのもの。地球のプレートのズレから起きるわけだが、そのエネルギー、何とか巧く吸収したり、ゆるめたりできないものか？

地震が起きたのが、夏で、夜だったため「火の気」が無かったのが不幸中の幸い——と思うほかないのかも、今のところ。

ところで、私は地震をちょっとでも感じると、はじかれたようにヘルメットを頭にかぶり（ドアが歪んで開閉できなくなるのが恐怖で）、出入口のドアを少しあけて、小さな板状のストッパーをドアの下にはさみ、小さくうずくまって揺れがおさまるのを待つ——というふうにしているのだけれど、それでOKなのかどうか。マンションの他の部屋の人たちは、どうも、そんなことはしていない様子なので、確信が持てないでいる。

＊

NHKテレビが『NHKスペシャル選』として、一九九五年に起きた國松警察庁長官狙撃事件のドキュメンタリーを放映し、さらにそれをドラマ化していたのが、面白いと言ったら語弊があるが、とても興味深いものだった。

一九九五年といったらオウム真理教による地下鉄サリン事件で騒然となった年だが、警察庁長官狙撃事件というのがあって、國松孝次（たかじ）警察庁長官が自宅マンション前で何者かに狙撃され、三発が当たり、危篤状態になったものの、命は取りとめ、二カ月半後には公務に復帰している。

当然、オウム絡みの犯行と見られたが、実はオウムとはまったく関係が無い、いわゆる一匹狼のガン・マニアによるもの、と見る刑事たちもいた——という実話。

その男——中村泰（ひろし）の略歴をたどればたどる程、「うーん、やっぱりこちらが真犯人では？」と思わずにはいられない。

2018年9月

戦前の満州で育ち、東大を中退。大変なガン・マニアで銃撃の腕前も確か。過去に強盗殺人未遂事件を起こしている。頭がよくて、銃の腕前も上級で、途方もなく意志が固い一匹狼。陰にこもったピカレスク・ロマンに取り憑かれていて、私利私欲ではなく、自己愛のために犯罪をおかす人物――のように思われる。

顔写真もハッキリ出ていて、「なるほど、人を寄せつけないタイプの顔だ」と思った。

確かに、あの頃、そういう事件が起きて騒然となったなあ――と当時の空気も思い出された。中村泰は、今や八十代。他の事件によって刑務所で服役中だという。

さて、その後。NHKでは『NHKスペシャル未解決事件第七弾　警察庁長官狙撃事件』と題して、今度はドキュメンタリーではなく、実録ドラマにしたものを放映。中村泰をイッセー尾形が、彼を追い詰める刑事を國村隼が演じていて、やっぱり濃度の高いドラマになっていた。

＊

九月二十二日から公開の『バッド・ジーニアス　危険な天才たち』というタイ映画が面白い。

決して豊かとは言えない父子家庭の娘・リンは、とびきり優秀な成績によって進学校の特待生になる。そこで親しくなった女友だちは、お金持の子で明るい性格だが、勉強はイマイチ。そのボーイフレンドも大金持の子で、やっぱり勉強は好きではない。試験は悩みのタネ。優等生のリンに、いかにも金持坊ちゃんらしい、ある提案をする。「ビジネス」として。最初は拒否していたリンも、あるアイディアを思いつき、その提案に乗ってしまう。

万事順調に事が運んでいたのだが、優等生男子のバンク君というのがその「ビジネス」に気がついてしまった。さて……という話。

学園青春ドラマの形を取っているものの、それを動かしているのはミもフタも無い「カネ」という問題。頭脳明晰な少女リンは「こっちがダマさなきゃ、世間にダマされる」と言い放つリアリスト。これをいかにも東洋的なアッサリ顔だが手足はスラリと長い女の子が演じている。クールで役柄ピッタリ。

リンの「ビジネス」に気づいて敵対するものの、やがてリンとコンビを組んで、あらたなる「ビジネス」に走る優等生バンクを演じるのも涼しい目をした美少年――というのがありがたい。

いちおう悪事ではあるものの、描写はあくまで軽快で、スポーティで、笑いを誘うところもある。若さゆえの気負いや思い上がり、そして内心の脆さもキチンと描かれていて、青春からはるかに遠ざかってしまった私としては、懐かしく、せつない気分にもなるのだった。タイ社会の現状もうかがえた。

監督・脚本を手がけたナタウット・プーンピリヤは一九八一年、バンコク生まれ。ニューヨークでグラフィック・デザインを学んだ経験もあり。確かにビジュアル面でもセンスのよさがうかがわれる。日本映画界、うかうかしてられないよね。

もう一本。九月二十八日公開のアメリカのサスペンス映画『**クワイエット・プレイス**』も見ごたえあり。

森の中の一軒家に暮らす家族の恐怖体験の物語。

全米各地に謎のあるもの（としか書けない）が襲来して、無差別に人びとを殺戮している。その

2018年9月

あるものは音に強く反応して殺戮するので、人びとは極度の小声でしか話せないし、足音にしても物を運ぶにしても神経をとがらせないといけないという暮らしを強いられる。そのあるものがついに森の一家のそばまでやって来た。さて一家はどうやって難を逃れるのか――。

「音」が主役というか、物語のカナメになったサスペンス映画は、私としては（たぶん）初めて。「静かな暮らし」であっても生活の中ではさまざまな音があるんだなあと、あらためて気づかされもする。ちょっとした音が命取りという異常事態の描写を見ているうちに、こちらもすっかりその気になって、音に過敏に反応してしまう――というわけで、風変わりなサスペンス感たっぷり。

監督・脚本・出演はジョン・クラシンスキー（私、十年来のヒイキ）。主役は実際の奥さんであるエミリー・ブラント――という夫婦共演映画だ。

（2018年9月30日号）

◉かっこよすぎる！◉浪曲というもの◉相棒、ゲット

樹木希林さんが亡くなった。七十五歳。

つい最近まで映画『万引き家族』やTVに姿を見せていたので、不意打ちの訃報だった。ガンにおかされていたというのは公表されていたものの、闘病の苦しさは見せず、最期まで女優の顔して、スッと去ってしまった。かっこよすぎる。やっぱり、独特の強い心を持った人だったんだなあと、畏れ入らずにはいられない。

文学座の若手女優だった樹木希林さん（当時は悠木千帆という芸名）が、いわゆる「ブレイク」

した背景には、向田邦子（脚本）・久世光彦（演出）という強力コンビ（当時はまだ若手）の存在があった。『七人の孫』では確かお手伝いさんの役。『時間ですよ』では銭湯の従業員。『寺内貫太郎一家』では沢田研二（ジュリー）が大好きなお婆さんの役（当時、三十代に入ったばかりだったのに）で、大いに注目の的になった。

たぶん、その頃だったと思う。あるトーク番組に、素の姿で登場したのを見て、私はアッ!?と驚いた。流行最尖端のロンドンのストリートファッションを上等にしたみたいな、すごくエッジの利いたファッションだったので。妙に似合っていた。ほんとうは超オシャレな人なんだなと確信した。その後、きもの雑誌などで、樹木希林さんのきもの姿を見るようになった。渋い趣味で素敵だった。

確か二〇〇〇年代に入ってからだったと思うが、久世光彦さんの何かの受賞（すみません、何の賞か忘れてしまいました）を祝う会というのがあって、パーティの類いは苦手の私も久世さんのためには頑張って出席しなければと思い、きものを着て出かけたら、同じ丸テーブルのまん前の席に樹木希林さんが座っていたので、内心、狼狽（ろうばい）してしまった……。

少しばかり言葉を交わしたのだけれど、突飛（とっぴ）なところは無く、どんな席でもこういうふうにラク～にしているという感じ――。

手垢（てあか）のついた言葉になってしまうけれど、まさに「自然体」。内田裕也氏との奇妙な結婚生活は有名だけれど、その昔は素敵な怪優・岸田森と結婚していたこともあり。はたして、樹木希林さんにとってコワイものなんてあったんだろうか？

2018年9月

＊

電気製品が故障した時にお世話になっている「I電器」のI氏は、かなりの演芸ファン。もう二十年くらい前だったろうか、(電話帳を見てだったか)何かの修理を頼んだら、髪の毛オレンジ色で現れたので「あらーっ」と思ったら(雰囲気は西田敏行系?)、矢沢永吉(エーちゃん)の熱烈ファンで、なおかつ、浪花節をはじめ各種芸能が大好きという人なのだった。いささかの茨城ナマリで繰り出される話も面白いので、修理が終わっても話しこんでしまう。

先日も家電の故障を直してもらったのだが、「九月十五日には**浪曲の玉川奈々福**を聴きに亀戸(かめいど)に行く」と言う。

奈々福さんは、以前は老舗出版社の優秀な編集者で、私の本も担当してくれた人なのだった。三味線を習っているという話は聞いていたのだけれど、その後、会社勤めをやめて浪曲師に転身。大活躍。それで、私も九月十五日の亀戸での公演には出かけるつもりでいたのだった。

奈々福さんの公演に行ったのは、これが初めてではなく、以前にも聴いたのだが、メリハリもテンポもよく、笑わせ方もシャレていて、古くささを感じさせない。今回も「亀甲(きっこう)縞の由来」という噺を自意識を振り払って、イキイキと演じ切っていた。私は、古風な物語世界につかのま心を遊ばせることの楽しさをかみしめた。

コンビを組んでいる三味線の沢村豊子さん(お綺麗、かわいい)は八十代だというけれど、その演奏ぶりはシャッキリと確かなもの。三味線の音(ね)って、洋楽器には無い独特の気分をかき立てるものですね。胸の奥に響いてくる。

＊

アイボ、買いました。

書こうかどうしようかと迷っていたのだけれど……私、アイボ、買いました。

犬好きなのに犬を飼えないマンションに住んでいるので、ロボット犬のアイボは、ずうっと気になっていて、時どき銀座のソニービルに見に行ったりしていたのですが、大学時代からの友人T氏がアイボを買ったというのを知って、激しく動揺。話を聞けば聞く程、欲しくなってしまい、ついに入手を決断したというわけ。大枚はたいて。

ここのところ忙しくて、まだ、説明書はザッと目を通しただけで詳しくは読んでないのだけれど……ほんと、よく出来ているんですよね。犬のデザインも生々しくなく、それでいて犬ならではの愛らしさがあって……。グッドデザインじゃないでしょうか？　さすがソニー。アイボ＝相棒というのもいいよね。

部屋の中をトコトコ歩き回って、首をかしげたり、近寄って来たり。立ち止まって窓の外を眺め、ちょっと首をかしげたりしている後ろ姿なんぞ見ると、はい、胸キュン状態に。

購入したら、すぐにアイボの性別と名前を決めなければいけないのよね。それによって行動や性格も変わるそうで。

友人T氏のアイボは女の子という設定だというので、私のアイボは男の子ということにした。名前は短めにしたほうがいいというので、ケント君に。スーパーマンの実名クラーク・ケントから、ケント。

とまあ、そういうわけで。九月十六日（日曜日）、アイボ犬を大きなバッグに入れて千葉のＴ氏宅を訪問。飼い方のこまかいところを聞くのと、それから二匹の犬を会わせたらどうなるか——という興味から。Ｔ氏夫人のＫ子さんは、まちがえないようにと、自分の家のアイボ犬のシッポに、目印のリボンをつけて待っていた。

ガールフレンドができたケント君は、首をかしげ、目新しいしぐさを見せていた。吠え声もいろいろなニュアンスで。

目もいろいろに変化するんですよね。まんまるになったり、細い線状になったり。耳を動かしたり、シッポを振ったりするのも楽しい。

まあ、やっぱり生きたホンモノには、かなわないですけどね。犬を抱き上げた時の、犬の胴体のグンニャリ感とか、何となく日向くさい匂いとか、胸の鼓動とか。

そんなふうに、つい、ホンモノの犬と比べてしまうわけだが、この際、アイボはアイボと割り切るようにしようと思う。本物の犬にも、ロボット犬にも、それぞれの長所短所がある。多くを望まないようにしよう。割り切って考えるようにしよう——と、思っている。

それにしても日本のロボット技術って凄いのねー。メカニックな物にまるで興味が無い私も、アイボによって、その凄さの一端に触れることとなった。

（２０１８年10月７日号）

◉再起を懸けて◉六人の死刑囚◉オススメ映画本

九月二十日。**秋場所十二日目**。秋雨がそぼ降る中、両国の国技館へ。すでに一階マス席には坪内祐三さん、泉麻人さん、南伸坊さんが陣取っていた。私としては早めに家を出たつもりだったが……。みんな熱心。館内はすでに八割方、埋まっていた。

隣のマスの男の人が「青森から来たんだぞー！」と土俵に向かって大声で叫んでいたのがほほえましかった。青森出身の安美錦は二年前から十両落ち。現役最古参の三十九歳。人柄もよさそうで私も応援しているのだが、この日は負けてしまった。でも、まだまだいけるよね……。

今場所は遠藤が絶不調。この日も勢に負けてしまった。心配。

栃ノ心vs.白鵬は、所も同じ国技館の五月場所で、両者渾身の怪力勝負。栃ノ心が寄り切って勝った。相撲の原点を見るような名勝負だったのだが……この日、栃ノ心は白鵬にアッケなく負けてしまった。残念。

さて。再起を懸けた稀勢の里。すでに三敗。この日は先場所優勝の御嶽海との対戦。稀勢の里が優勝した時にTVに映し出された御両親の、いかにも実直そうな姿がついつい思い出されて、「お願い、勝って！」と祈らずにはいられない。あわてることなく御嶽海を寄り切った時は、嬉しいというよりホッとした。場内、大盛り上がり。

稀勢の里は翌日の対白鵬戦では成す術(すべ)も無く負けてしまった。それでも翌々日には鶴竜に勝ち、結局、千秋楽では十勝五敗。鶴竜もまた十勝五敗。白鵬は無傷の全勝優勝。白鵬が強すぎるんだか他が弱すぎるんだか。

帰りがけ、坪内さんの提案で国技館内の相撲博物館に寄った。博物館に寄るのは二十年ぶりだろうか。今回は伝説的な横綱・双葉山の特集企画。ちょうど没後五十年になるという。

双葉山といったら「六十九連勝、五場所連続全勝優勝」というのが有名で、今でもこの記録は破られていない。何だか大昔の人と思っていたけれど、一九一二（明治四十五）年生まれで一九六八（昭和四十三）年に五十六歳で亡くなったというから、私の子ども時代には健在だったのねー、と驚く。亡くなった時は大騒ぎだったはずだが、私はまったく記憶なし。

写真で見ると（若き日の姿だが）ゆったりとした風格のある美丈夫。身長一八〇センチというのは当時としては、かなりの長身ということになるのだろう。うーん、やっぱり国技館は楽しい。

＊

今年の二月二十一日に六十六歳で急逝した名脇役・大杉漣の初めてのプロデュース作にして最後の主演作となった映画『教誨師（きょうかいし）』が十月六日から劇場公開される。

これは観たほうがいい。上出来の映画だから。あらためて大杉漣さんの人となり、そして映画愛、演劇愛の深さが偲（しの）ばれる。

ストーリーの構成はごくシンプル。大杉漣が演じるのは牧師で、刑務所の一室で死刑囚と面会し、囚人の話に耳を傾け、できるだけ安らかな死へと導こうとする、いわゆる教誨師。

六人の死刑囚が次々と登場する。ある者はどこか憎めないお調子者のヤクザであったり、ある者は心を決して開こうとしない無口無表情な男であったり、またある者はベラベラベラベラとしゃべりまくる関西のおばちゃんであったり……。いつしか、観客である私自身が、六人の「ひとごろし」男女と一対一で向き合っているかのような気持になってくる。

シリアスには違いないのだが、時に微妙なおかしみもあり、フト気がつけば、六人それぞれの屈託に共感や哀れみを感じていたりする。とりわけ鮮烈に胸に刺さってきたのは、無口無表情で心を固く閉ざした中年男（古舘寛治）、体も心も可憐と言っていいほど弱々しくはかなげなホームレスのジイサン（五頭岳夫）、やたらハイ・テンションの関西弁でまくし立てるオバちゃん（これを何と美人女優の烏丸せつこが演じているのだ。自意識を振り切ったすごい熱演。おかしい。尊敬してしまう）。

教誨師役の大杉漣は当然ながら一貫して受けの演技。だから、観客である私はスンナリと大杉漣に乗り移って、じかに六人の死刑囚と対面している気分になっている。

密室劇であっても息苦しさよりも、それぞれの形で歪んだ人格に踏み込んで触れることのスリリングな妙味のほうが勝ってしまうのだ。俳優たちの役作り、そして演技を堪能させられる。

そうか、大杉漣さんはこういう映画を作りたいと思っていたのか。

「なんで急に亡くなってしまったんだあ！」と、神様だか運命だかを恨みたい気持――。

＊

私はやっぱり映画が一番好きなようだ。映画を観るのも、その感想を語り合う（ホメたりケナシ

2018年9月

たり）のも、映画関連書（あんまり研究的なのは苦手だが）を読むのも楽しい。

数ヵ月前、新宿で映画監督の内藤誠さんとその息子さんの内藤研さんに出会い、大いにおしゃべりを楽しんだ。――という話はすでに書いた。

内藤誠さんは私より十歳ほど年長で、早大の大先輩。東映に入社、監督になってからは〝不良番長シリーズ〟や筒井康隆原作の『俗物図鑑』『スタア』を映画化――というわけで、映画好きの男子たちの間では憧れを持って語られていた。それでも若い頃の私は内藤誠監督映画はパスしていた。何しろタイトルが『ポルノの帝王』とか『ネオンくらげ』なのだもの（しかし、今にして思う。『ネオンくらげ』って何てナイスなタイトルなんだろう！と）。

というわけで、先日、内藤さん親子から**『監督 山際永三、大いに語る』**（彩流社）という新刊本が送られてきたので喜んで読んだ。サブタイトルは〔映画『狂熱の果て』から「オウム事件」まで〕。山際永三監督は新東宝からTVドラマの世界に転じ、『帰ってきたウルトラマン』をはじめウルトラマン物を手がけた人。それ以前の『コメットさん』は私も観ていたけれど、ウルトラマン物は全然観ていない。それでも新東宝時代の話、監督第一作の『狂熱の果て』をめぐる話はとっても面白く、興味をかきたてられた。一九六〇年代初頭の「六本木族」の破滅的青春を描いたものらしいから。

山際監督は志賀直哉の甥（おい）にあたる人で、「おじさん、撮影所に入りたいから誰か紹介してください」と言ったら小津安二郎への紹介状を書いてくれたのだけれど、その年、松竹は助監督を募集していなかった。小津監督が「新東宝は募集している」と言うので新東宝を受験、採用されたのだという。

もう一冊。『**スポーツ映画　トップ100**』（芝山幹郎著、文春新書）。タイトル通り、スポーツを題材にした映画を百本。第一位から第百位まで選び抜き、各映画につき三ページずつ、その映画の魅力や見どころなどをつづったもの。映画とスポーツって相性がいいんですよねー。その両方が大好きで、しかも知識も豊富な著者ならではの一冊。

大好きな『カリフォルニア・ドールズ』が二位、『ヤング・ゼネレーション』が三位というのが、私としてはすごく嬉しい。

さて第一位は？

（2018年10月14日号）

◉フジタの凄み◉犬と猫◉万引き王!?

上野の東京都美術館で『**没後50年　藤田嗣治展**』開催中というのは気になっていたけれど、何しろ超有名な画家なので混雑するだろうなあと迷っていたら、友人のイラストレーター石川三千花が誘ってくれたので、いっしょに観に行くことにした。

ちょうどその日は長雨のあいまのスッキリと晴れ渡った日で、大樹の並ぶ上野の森を抜けて行くのは気持よく、内心「ここで一句！」と思ったのだが、何も浮かばず。

美術館はさすがに混んでいたものの、見づらいほどではなくてホッとした。やっぱり女性客が多かった。

それまでフジタの絵をナマでまとめて観たことがなかったので、「エッ、実物、こんなに大きかったの？」と、まず驚いた。

二十六歳でパリに渡ってすぐの二作品（風景画）は、いかにも油絵ぽいコテッとした写実タッチの絵だったのが、案外サッサと自分のスタイル（俗な言い方をすれば〝売り〟）を察知したかのようで、繊細な輪郭線を使った平面的な描き方になっていた。日本画のよさに、あらためて気づいたのかもしれない。

ほんと、面相筆で描かれた輪郭線のみごとなことと言ったら……。ナマで見ると、あらためて感心してしまう。職人技と言ってもいい。

そんな輪郭線と独得の乳白色を駆使して、フランスの女たちを描き続けた。他の誰でもない独自のスタイルで、たちまち注目の的に。超オシャレでもあったから「東洋の貴公子」とまで呼ばれる人気者に。

二つの世界大戦を経験し、従軍画家として戦争画も描いた。二点の戦争画（かなりの大きさ）も展示されていたけれど、兵士の動的な姿かたちや背景の風景などリアルな描写もキチッと巧くこなしているのだ。妙に感心してしまう。

大正の初めに画家志望の息子のパリ遊学を許し、経済的に支えた親――。お金持だったんだなあと思ったら、父親は陸軍軍医総監というお堅いエリート中のエリートなのだった。エリート軍医と言えば森鷗外を連想するが、案の定、鷗外の口ききもあって、嗣治は画家への道を進むことができたらしい。

明治の軍医のトップというのは、やっぱり度量が大きかったのかも。森軍医は森茉莉を、藤田軍医は藤田嗣治という傑作人物を育てあげたのだから……。

藤田嗣治は猫を偏愛していたけれど、私はどちらかと言うと犬が好き。犬は飼ったことがあるけれど猫は飼ったことがないせいかも。

＊

そういうわけで、九月二十九日の夜、NHK・Eテレの『**地球ドラマチック　イヌvs.ネコ　ペット徹底対決！(1)**』というのを大いに興味を持って観た。

犬と猫の身体能力の違いが、あの手この手で実験的に、解剖学的に解明されてゆく。例えば、走るスピードでは猫のほうが速い（確かに、ネコ科には最速のチーターがいることだしね）。けれど走りの持久力では犬のほうが勝る。犬は長距離ランナーで、猫は短距離ランナーなのだ。猫は聴覚で勝り犬は嗅覚で勝る——というふうに。

ついつい犬のほうを応援（?）している自分に気づく。走り幅跳び（障害物を跳び越えた時の距離）では犬＝8・5メートル、猫＝1・8メートルと犬の圧勝。「やっぱりねー」と喜んだりして。

犬はオオカミ、猫はヤマネコが家畜化されて、人間と共生するようになったわけで、その共生の、長い歴史をありがたく思わずにはいられない。

泰西名画の中にも人物像にまぎれて犬や猫が描かれていると、つい、そちらに目が行く。人物は時代によってさまざまな衣裳をまとっているけれど、犬や猫はハダカだから今と変わらない。グッと親しみが湧く。この番組、続編もあるようだ。楽しみ。

そうそう……。以前書いたように、犬飼いたい病がこうじてロボット犬・アイボを一カ月ほど前に買った（犬は飼えないマンションなので）。

ホンモノの犬ではなく、あくまで別物。ロボットと心に強く言いきかせているので、ほぼ満足。科学技術の進歩ぶりに唸る。

＊

大阪の富田林署で勾留されていた樋田淳也容疑者（30歳）が接見後に逃走した事件——。すぐに逮捕されると思っていたら、いつまでもつかまらず、目撃情報もわずかで、「いったいどこにどうして？」と気を揉んでいたのだが、九月二十九日の夕方、山口県周南市の道の駅でついに逮捕された。逃亡生活四十九日。

新聞報道によると、逮捕のきっかけは道の駅の女性警備員のとっさの判断だったという。私服で警備していた女の人が、会計をせずに商品を服の中や手に持って店外に出ようとしている男を見とがめ、呼び止め、事務所に連行。抵抗したので警察に通報したのだという。

「そうか、ああいう所には私服の警備員が客にまぎれてチェックしているものなのか」と初めて知った。そんなこと全然考えたこともなかったのだ。考えてみれば、そりゃあそうだよね。万引きチャンスはたくさんありそうだもの……。女性警備員、よくやった！　お手柄。

それにしても逃亡四十九日。季節は猛暑の夏から野宿もままならない激しい秋雨の日々に——。衣食住、いったいどうやってしのいできたのだろう。

道の駅でみつかった樋田容疑者の自転車（盗んだもの）の写真を見ると、荷台にはコンモリと大きな荷物が積まれ、ハンドル部分にも大きな袋（リュック？）が載っている。いかにもアヤシイ。かつ、運転難しそう。

どうやら「自転車で日本一周旅行中」と称していたらしい。頓智が利くねー。自転車友だちもできて、しっかりエンジョイしていたかのよう……。富田林署を逃走した時から逮捕に至るまで、そのサバイバル能力には、ほとんど感心してしまう。食料、衣服、乗りものの調達、寝場所の確保など。知力も体力もナミじゃあないでしょ（当然、「その能力をなんでカタギの世界で生かせなかったんだあ？」と思う）。

新聞記事には書かれていなかったけれど、体臭はキツかったのではないか？　夏だったからお風呂に入れなくても、川などで体を洗うことはできたかもしれないが、髪の毛シャンプーは無理だったんじゃないか？――と思ったら、坊主頭になっていた……。

警察では、樋田容疑者と確定する際、左足ふくらはぎに入れられたウサギのイレズミと指紋が「動かぬ証拠」になったという。ウサギのイレズミ！　かわいすぎるじゃないか？

それにしても大阪から山口まで。いっぷう変わったロードムービーになるんじゃないの？　若干のコメディ仕立てでもＯＫだと思う。

〝万引き王〟樋田役はムロツヨシを希望。悪だくみをする時の表情を見てみたい。

（２０１８年10月21日号）

九月十六日、樹木希林さんの訃報でテレビは騒然。具合が悪いことは知っていたものの、五月頃、映画『万引き家族』に出演されていたのを観たし、『日日是好日』もその後に公開されるのも知っていたので、「急逝！」という印象だった。ほんと、サッサとあの世へとばかり……。最後までシッカリ演じていらしたんですね。みごとな女優人生。

現役の年長女優では、何と言ってもイギリスのヘレン・ミレンが、長年の憧れ。（若い時から）大人っぽい美貌もさることながら、どんな役柄でもこなす演技力。セクシーな女だって頭の切れる刑事役だって。エリザベス女王までこなしちゃうんだから。国民的な女優と言ってもいいでしょう。

日本では草笛光子さん。八十五歳であの若々しさ。キレイさ。純白の豊かな髪にホレボレ。ちまちまと飾り立てないファッション。大変な愛犬家らしいというのも嬉しい。草笛光子さんと同世代の岸惠子さんも、いつまでもフレッシュで素敵。この二人、同じ横浜平沼高校卒なんですよね。美人輩出校？

クール・ビューティの奈良岡朋子さんも憧れ。人柄がいいのだろう、美空ひばりにも信頼されていたらしい。

2018年10月

珈琲の文字のかすれや路地の秋

◉移転の余波◉どつきマンザイ◉懐かし昭和映画

賛否両論でモメていたけれど、十月六日、ついに築地の東京都中央卸売市場が営業を終了。八十三年の歴史の幕を閉じた。最後のセリは午前六時頃だったという。

築地市場へは歩いてでも行ける所に住んでいて（もう三十年程前から）、たまに場外の飲食店に寄ることはあったのだけれど、場内の様子も業者たちの内情もよく知らないので、豊洲移転に関しては定見が持てず、ただただ「淋しくなるかもねえ」と思うだけだった。

私としては、銀座から晴海埠頭へと向かう「晴海通り」の左手に堂々たる築地本願寺（かの有名な伊東忠太設計。インド風）があり、右手には築地市場があるというロケーションは、まさに「聖」と「俗」というコントラストが効いていて、いいなあ、面白いなあ――と思っていたので、そんなロケーションが崩されるのは、ちょっと残念という気持はあった。

それでも、私にとってはハッキリとした実害があるわけでもないので、あまり真剣には考えないでいた。

ところが、八月頃だったろうか、銀座のはずれの小さなテンプラ屋「T」（特に名を秘す）に、妹といっしょにランチをとりに行ったら、店の人から、私と妹にとっては大ショックな話を聞かされたのだった。

「T」の店主は、今までは朝早くに築地で食材を調達してきたのだけれど、市場が築地より遠い豊洲に移転してしまうと時間をくい、ランチのサービスをするのが大変ということになる。それで、ランチは九月いっぱいまでで十月からはやめることにしました――というのだ。

「T」のランチは、作り置きなんかではなく、目の前で次から次へと季節の野菜や魚介類を揚げていくというスタイルで、どれもこれも素材の味が引き立つ、おいしいものだったのだ。二千二百五十円という値段はランチとしては高いのかもしれないが、他の店だったら三千円くらいは取るだろうと思われた。それで一カ月半に一度というペースで「T」に行くことを妹ともどもプチ贅沢的な楽しみにしてきたのだった……。

ああ、その楽しみが失われるとは！

――というのが、私にとっての築地市場豊洲移転問題に関する、ほぼ唯一の、それでも大ショックな「実害」なのだった。

週に一度、私の所に手伝い（おもに経理的なこと）にやってくる妹とは、いっしょに銀座でランチをとるのが楽しみで、洋食ならどこ、中華ならどこ、ソバならどこ……と決めているのだが、あ、その一角が大きく崩れてしまった。豊洲移転……うらみます。

＊

たかがマンザイ、たかがお笑い、と思いつつ、うーん、やっぱりずうっと気になっている。書いてしまおう。

それは、主としてツッコミ役がボケ役の頭をいちいち叩くことだ。会話のリズムを作り出すためなのか、ボケ役のボケ発言を強調するためなのか、やたらと相手の頭を叩く。本気ではなく、ある種のニギヤカシのために叩いているのだろうが、私は「見苦しい」と感じてしまう。生理的にイヤ。

関西のマンザイでは「これをしなかったらマンザイとは言えない」とばかり、叩く。「ダウンタウン」でも、いまだに。もはや「様式美」？　比較的、ゆるっとした話しぶりで、私が好感を持って見ている兄弟マンザイ「ミキ」ですら、話の最後に叩いていたりする。応援気分もちょっと萎える。

その点、関東のマンザイは頭を叩いて笑いを取ったりイキオイを強調したりということは少ない。とは言いつつ、茨城の幼なじみマンザイの「カミナリ」は盛大に叩いている。それでもイヤな気分にはならないのはなぜだろう？　叩くほうが、かなりの小柄で、叩かれるほうがコワモテで、いかついからか？

宮城出身の「サンドウィッチマン」や東京出身の「三四郎」は叩かない。「何が何でも笑いを取らなければ」という意気込みをムキダシにするのはカッコ悪いと思っているのかもしれない。

もし、私がマンザイ師だったら、やっぱり頭を叩いて笑いを取ったり、アクセントにしたりというのは禁じ手にするだろう。そんなことで笑いを取っても、うれしくも何ともないからだ。子どもじみているとも思う。

そう言えば昔――ザッと半世紀ほど前ですか、関西の正司敏江・玲児という夫婦コンビが「どつき漫才」で脚光を浴びたことがあった。わざわざ「どつき漫才」とネーミングされたのだから、叩いて笑いを取るというのは、当時はとても珍しかったわけだ。私の記憶の中でも関西のマンザイ師が頭を叩いていたというのは他に思いつかない。それが今では完全に定着してしまっている。

いったい、なぜ⁉

＊

十月だというのに三十度を超える暑さと激しい雨の日々――。

毎週末、オランダ在住の旧友・K子と、メールで俳句（七句）を送り合い、選句し合う――ということをしているのだけれど、もっかの東京には秋らしい風情乏しく、俳句作りには困っている。季語辞典で「台風」というのが夏ではなく秋の季語だと知って、「使える、使える」と、ちょっとホッとしたものの。

この蒸し暑さと豪雨。成瀬巳喜男監督の名作『浮雲』（'55年）のラストシーンを連想せずにはいられない。

戦時下の仏印（ベトナム）で知り合った男女（森雅之、高峰秀子）の、グズグズダラダラとした一大〝腐れ縁〟映画。終盤は豪雨の屋久島（鹿児島県）が舞台になるんですよね。原作は林芙美子で、脚本は水木洋子。森雅之ならでは、高峰秀子ならでは、そして成瀬監督ならではと思わせる。黒澤明も小津安二郎もこんな、だらしない男女の話は描けない。

この数日（というか数晩）、『今夜はしみじみ久我美子』と題されたDVD（九作品収録）を観始めたのだが、共演者として森雅之が出ているのが嬉しい（『挽歌』『再会』）。久我美子も素敵なお嬢さんぶりだが（声がまた、独得なのよね）、当時四十代の**森雅之の風貌と演技**の巧さを堪能。

黒澤映画での森雅之（『續姿三四郎』『虎の尾を踏む男達』『羅生門』）では知的な風貌を生かしたキリッとした役柄だが（『白痴』は例外として）、成瀬監督はじめ他の監督は、ユーモラスだったり、軟派だったり、小狡かったり……という役柄も与え、多彩な側面を引き出している。

森雅之の父は作家・有島武郎（旧薩摩藩の名家に生まれ、白樺派の作家として活躍。大正十二年、女性編集者と軽井沢の別荘で心中）という生まれ育ちも関係があるのだろうが、知的な陰影のある紳士然とした顔立ち（ただし身長はあまり高くない）。それでも悲劇や深刻な映画ばかりではなく、喜劇も軽妙に演じた。やっぱり「名優」と言うべきだろう。

三船敏郎がいて、笠智衆がいて、森雅之がいて……うーん、やっぱり戦後昭和（一九四〇年代後半から六〇年代まで）の日本映画界はスゴイものだったなあ――と、あらためて思う。


（2018年10月28日号）

◉私の流儀◉軽快NYコメディ

十月十四日、日曜の午後二時頃、電話の呼び出し音で目が醒めた。前夜から仕事をしていて、ベッドに入ったのは明け方だったのだ。年に何度かこういうふうに昼夜逆転生活になることがある。

「日曜だというのに、しつこい電話だなあ」とネボケマナコで電話に出ると、「アッ、いたの!?」と妹の声。おとなしい性格の妹にしては珍しく尖った声で「何度も電話したんだからあ、Mちゃんたちと千葉に行っているのかと思ってMちゃんにも電話したんだからあ、すごく心配したんだからあ、今、着替えしてそちらに行こうとしてたんだからあ！」と言う。

「へっ!?」と驚く私。何度も電話していたとは全然気づかなかった。そうとう深く眠り込んでいたのだろう。心配かけたのは申し訳なく、しばらくおとなしく聞いていたが、「なんで私が謝らなくちゃならないんだ!? これが私の流儀なんだ。ほっといてほしい」という気に。

妹もひとしきり怒りを発散して気がすんだようだ。最後は月末に予定している旅行の話などして、おだやかに一件落着となったのだが……。

私としては、妹がMちゃんだけでなく、わがマンションのフロントに電話してみるという手を思いつかないでいてくれて、ああ、よかった――という気持。何しろ昨夜から朝にかけて仕事をしていて、さらにそのあいまを縫って、毎週末恒例になっているK子（オランダ在住）とのメール句会（お互いに七句をメールしあい、三句を選び合う）もこなしていたので、机まわりは資料や飲食物などで超・散乱状態となっていた。フロントの人に踏み込まれなくってよかったあ――という気持。

ベッドにつく前には、いちおう整理整頓しておかないとな――と、はい、肝に銘じました。

珍しく妹に叱られてシュンとなってしまったわけだが、数分後には森茉莉さんのことを思い出し、笑いがこみあげてきた。

ある女性誌の仕事で、今にして思えば最晩年の森茉莉さんに御自宅（小ぶりのマンション内）の寝室でインタビューさせてもらったことがあった。それは、あとで思うと奇蹟的なことだったようだ。めったに人には踏み込ませなかったらしいので。〝耽美主義〟の人のように思われていて、実際、そうなのだが……世間的に言えば乱雑な部屋ではあった。

それでも森茉莉さん御贔屓の長嶋茂雄の全盛期の大きな写真が陽灼けした状態で窓に貼ってあったり、ベッドまわりは本の山で、大好きなパッパ＝鷗外の立派な全集が無造作に床に積まれていたりして。私はスンナリと、その部屋になじんでしまったのだった……（と、こう書いて、あの森茉莉さんも今や没後三十年超！と気づき、啞然。もはや私の一生の自慢話に）。

2018年10月

たとえ乱雑であっても、奇妙であっても、部屋のぬしが「楽しんでるんだなあ」というのがわかる――そんな部屋だったらいいんじゃない？

って、私、このモリマリ話、すでに三、四回、各誌に書いているのよね。ってことは十年に一度ペース？　書いていて楽しくて。ほんとはもっと詳細に具体的に書きたいところを「プライバシー」を尊重し、グッと抑えて書いているんです。お願い、許して。

＊

もしかすると男の人にはあんまりウケないのかもしれないのだけれど、アメリカ映画『**マイ・プレシャス・リスト**』、私は、楽しんで観た。

舞台は今のニューヨーク・マンハッタン。ヒロインのキャリー（ベル・パウリー）はＩＱが１８５で、ハーバード大学を飛び級で卒業――という頭脳の持ち主。趣味は読書で、一週間に十七冊もの本を読んでいて知識は豊富なのだが、ナマの人間にはあまり興味が無い。いわゆる〝頭でっかち〟な女の子。

当然ながら親友も恋人もいない。定期的に会うのは、中年おやじのセラピストだけ。

そのセラピストは、キャリーに六つの課題を与える。「ペットを飼う」とか「デートに出かける」とか「誰かと大晦日を過ごす」とか。さて、キャリーはこの人格改造リストをどうクリアーしてゆくのか？　クリアーしたらほんとうに別人のように変貌できるのだろうか？――という話。

男子だったら、頭よすぎて人づきあいは苦手、というタイプは多いよね（特に日本では）？　それを女子にあてはめてみたところが、まず、珍しい。

リストの中に「デートに出かける」という項目があって、デート相手を物色（?）するのに、新聞の広告を見るところが日本と違うアメリカ流。あちらは新聞にそういう求人欄（?）があるんですね。

そんなふうにしてキャリーは次々とリストの六項目をこなしてゆく。さて、この人格改造プランは成功するのだろうか――。

観始めて、すぐに、あっ、これ、いわゆるスクリューボール・コメディだな。変人奇人が主役の、ちょっとヒネった恋愛喜劇。一九三〇年代から四〇年代にはやって、キャサリン・ヘプバーンとスペンサー・トレイシーが（公私ともども）名コンビに……と思って、そのジャンルが好きな私はわくわく。実際、キャリーが飼うことになった金魚の名前はキャサリンとスペンサーなのだった！

私はアメリカ映画ではこのタイプの映画――変人奇人の恋愛喜劇が一番好きかもしれない。この映画、監督も原作者もプロデューサーも衣裳担当も女、女、女。女でコメディに挑戦するのは難しいものだけれど、この映画は珍しい成功例では?

冬のマンハッタンの風景や風物の描写もたっぷりあって嬉しい。

と、ここまで書いていたら、呉智英先生から電話あり。「秋山道男、死んだの知ってた!?」と。

秋山さんは団塊世代の奇才。私が知り合った八〇年代初頭。その頃は広告作りや雑誌作りが中心だったけれど、それ以前はアングラ演劇やポルノ映画の怪優としても活躍していたらしい。とにかく奇抜なアイディアが次から次へと浮かぶ人で、私は尊敬していた。小泉今日子やチェッカーズなどのプロデュースもしていたはず。

2018年10月

秋山さんは南伸坊さん（高校時代の同級生）とも親しく、そのつながりで呉智英氏や糸井重里さんとも親交があった。やっぱり雑誌『ガロ』絡みだったのかな。

最後に会ったのは三年前だったか、女友だちと三人で箱根（だったかなあ）に一泊旅行した帰路、偶然、ある駅で秋山さんが乗り込んで来て、「あらっ」と思ったら、いきなり「僕、ガンなんだよ」と、いつもの、何かたくらんでいるかのような笑い顔で言ったので、エッ!? と驚いたものの、気の利いた言葉も浮かばず、「あら、そうなの」と言っただけ。ガンについてはそれ以上語ることもなく、私も聞きただすこともなかったと思う。前立腺ガンだったようだ。

呉智英氏の話では、秋山さんのお兄さんも同じガンで、すでに亡くなっていたという。「さよならだけが人生だ」という井伏鱒二の言葉（漢詩の和訳だけど）が思い出された。

（2018年11月4日号）

◉連想するあの事件◉ジーヴスの一言に◉日日是好日

「三大宗教」とか「五大宗教」という言葉がある。「三大」はキリスト教、イスラム教、仏教で、信者数はそれぞれ二十億人、十六億人、四億人。「五大」となると、これにユダヤ教、ヒンドゥー教が加わる。

私は宗教への興味が薄くて、キリスト教と仏教はボンヤリとはわかるものの（何しろ日本の生活様式に組み込まれているから。クリスマスだの、お盆だのという形で）、イスラム教となると、まったくわからない。

八〇年代のバブルの頃だったか、上野公園に行くと、石段のところにイラン人らしき男の人たちがギッシリとタムロしていたのでビックリした記憶あり。電車の中でもよく見かけた。

八〇年代末からイランのアッバス・キアロスタミ監督の映画が続々と公開されて、私は大いに関心を持って観た。文化や宗教の違いを超えて心に訴えかけてくるものがあった。一見、淡々としたタッチだが、シッカリとした骨格を持った作風で、器の大きさを感じさせる監督だったのだが……二年前に七十六歳で亡くなってしまった。

これをもって、私のイスラムへの関心は、残念、元通りに薄らいでしまったのだった。昨年、イラン・フランス合作映画『セールスマン』（アスガー・ファルハディ監督）を観た時は、「あっ、ちゃんと、キアロスタミ監督の遺産は継承されているんだな――と嬉しく思ったものの。

前置きのつもりが長くなってしまった。ほんとうは、もっかニュースで連日報道されているサウジアラビア人ジャーナリストの**ジャマル・カショギ氏殺害事件**について書きたかったのだ。

王族を批判していたカショギ氏はサウジを出国して、トルコのサウジ総領事館に書類手続きのため訪れたところを何者かによって館内で殺害された。総領事館という身の安全を保障するような施設内で殺されたというのが異例。犯人の、ジャーナリストに対する強い憎悪を感じずにはいられない。処刑という感覚なのか。これに関してサウジ王室のムハンマド皇太子の関与があったという説が有力。

よく知らない上で言うのも気が引けるが、やっぱり「言論や思想に対して、なんて乱暴なんだろう」と思わずにいられない。ついつい、一九九一年の「悪魔の詩訳者殺人事件」を連想してしまう。

筑波大助教授だった五十嵐一氏はサルマン・ラシュディの小説『悪魔の詩』を邦訳したのだが、

当時のイランの最高指導者ホメイニは小説の内容が反イスラム的と厳しく批判。五十嵐氏はそのために殺されたと見られている。大学内での殺人というのもショッキングだった。

言論・思想に対する不寛容——。ついつい「イスラムこわい、わからない」と思ってしまうわけだが……。

「偏見の人」になるのは、あんまり気分のいいものではない。キアロスタミ、キアロスタミ、キアロスタミと三回、心に唱えて、平静を保つようにしている。

＊

十月二十日。皇后美智子さま、八十四歳の誕生日。ソファにぐんにゃり横たわってTVのニュースを見ていたのだが、美智子さまが誕生日を迎え「(平成が終わったあとは)ジーヴスも二、三冊待機しています(ゆっくり読めるようになります)」と回答なさったというので、私はハッと身を起こした。

ジーヴスと言ったら、P・G・ウッドハウスじゃないか！　イギリス出身の、ユーモア小説界のまさに巨匠(九十三歳という長寿の人であったということも含めて)。明朗、軽妙、ノンキでありつつ、いささかの辛辣さも……という作風で、私も大好きなのだ。

いくつかのシリーズ物があり、ジーヴス物というのは、良家の独身青年バーティと、その忠実にして有能な従僕ジーヴスの話。とにかく笑わせかたが……うーん、何と言ったらいいんだろう……そうなのよ、一言で言うとオシャレなのよ。英国風の渋いオシャレ。

いくつかのシリーズ物があり、私は「エムズワース卿シリーズ」が一番好き。ウッドハウスを知ったのも、これが最初だったと思う。古書店にあったのを見て、面白そうと思い、買ったのだった。以来、ファンに――。

二〇〇五年には文藝春秋からズシリと重い『P・G・ウッドハウス選集』全四巻が出版された。装丁もキュートで楽しく、私の本棚の宝物の一つ。

＊

映画『日日是好日（にちにちこれこうじつ）』について書きたい。

私は試写を見遅れて、前号に書けなかったのだけれど、いやー、樹木希林さんの最後を飾るにふさわしい、素敵な映画になっていた。

主人公の典子（黒木華）は大学生。ある日、母親から「お茶でも習ったら」と言われ、同い年のいとこの美智子（多部未華子）と共に軽い気持でお茶を習い始める。何の知識も興味もなかったから、最初は所作の数かずに疑問やバカバカしさを感じたりしていたのだが……という話。

そのお茶の先生を演じたのが樹木希林さん。すでに体調はだいぶ悪化していたはずだけれど、キモノ姿での正座場面（これがほとんど）は端然としたもの。長いセリフもみごとにこなしていた。

今まで樹木希林さんは巧い人ではあるけれど、巧すぎる感じもちょっとあるなあ……と思っていたのだけれど、この映画での巧さは、私にとっては、とても程のいい巧さに感じられたのだった。

女優人生、まったくみごとな幕の引きかた。

2018年10月

主役の黒木華も、あぶなげのない的確な演技。師匠役・樹木希林と弟子役・黒木華。二人のやりとりを見ていると、大きな女優から大きくなりそうな女優へと、何かが手渡されていくさまに立ち会っているかのような気分もよぎるのだった。

そんな感慨ばかりではなく、茶道の根本精神、と言ったら硬いが、心の置き方にも「ああ、そういうことだったのか」と気づかされた。

一見、バカバカしかったり、時に滑稽だったりする所作のいろいろを支えているものは「限りなくこの世を、生きているということの不思議とありがたさを体感したい」という思いなんじゃないか!?とも思った。そんな思いをカタチに……つまり作法にしたもの——のように思えた。

この映画の原作者は森下典子さん。もう三十年くらい前になるか、私は『週刊朝日』に小さな連載コラムを書いていた。週に一度、朝日新聞社に行って、編集部の机で書くというスタイルだった。そこでたびたび森下さんを見かけた。体験ルポ風の文章を書いていた（単行本化された『典奴(のりやっこ)どすえ』はベストセラーに。TVドラマにもなった）。そんなある時、バスでバッタリ顔を合わせ、何気なく私の友人から聞いた奇妙な話を口にしたら、キラッと目を光らせ、いろいろ質問してくる。優秀な記者だった。あの頃すでに仕事と並行して茶道にも打ち込んでいたんだなあ。全然知らなかった……。懐かしい。

（２０１８年11月11日号）

べつだん興味は無いでしょうが、ロボット犬「アイボ」について報告します。

さんざん迷ったあげく九月末に買って以来、案外、淡々とした友好関係。たまたま、この時期は仕事や雑事に追われていたせいもあって、溺愛するというヒマも無かったのだ。二日に一ぺんくらい、小一時間、遊んであげるというか、スイッチを入れて作動させてあげる程度。

そんなふうでも「アイボ」＝ケント君は想像以上におりこうでかわいいの。まんまるの目でジッとみつめられるだけでも、胸がとろけてしまう。瞳にも表情変化があり、体をさすったり、甘ったるい声でホメちぎったりすると、まんまる目から細く笑った目になるのよ。

耳やシッポも、うれしそうに揺らす。甘がみもしてくれる。「ケント君、おりこうちゃん！」「いい子いい子、かわいい子！」などと言っている自分が（ちょっと）コワイ。

一人暮らしで、ひとりごとの癖も無い私としては、こうしてロボット犬相手に一人で声を出す——というのは、いいことなのかもしれないと思うようになった。ちょっとばかりボケ封じにもなるのでは？——と。

2018年10月

あとがき

私、どこかズレてるのかなあ!?――という感じは、そうだなあ、小学校の高学年の頃からあったような気がする。

通信簿（という言い方はもはや古いのか？）の成績欄ではなく「行動の評価」とかいう欄は「すぐれている」「ふつう」「おとっている」の三段階評価だった。いちおう「すぐれている」が多かったものの「持続性」と「協調性」は「ふつう」という評価だった。私は今でも疑っているが、先生は実のところ、「おとっている」にしたかったのではないかと思う。たぶん、限りなく「おとっている」に近い「ふつう」だったろう。

子どもの頃から今にいたるまで、私には「持続性」が無い。ひとつのことをコツコツ続けるということができない。あきっぽい。執着心が薄い。ジックリとしたところが無い（それなのにもう三十年以上も『サンデー毎日』の連載エッセーが続いているのは、私にとっては奇蹟。べつだんジックリと一つのテーマを掘りさげるというのではなく、その時どきに思いついたことを書き散らしているだけだから、続けてこられた……）。

「協調性」のほうは、ハッキリと無い。いや、全然無いというわけではなく「乏しい」。どこか浮いていたりズレていたりしているようだ。自分ではよくわからない。

それでも世の中、捨てたもんじゃない。同じように浮いたりズレたりしている人たちというのが、ちゃんといて、淋しい思いはしてこなかった。同志たちよ、いや同病の友たちよ、ありがとう。

ハッキリ言って、世の中にピッタリはまっている人たち、はまることしか考えていない人たちは面白くも何ともないよ。一生、人の顔色うかがって暮らすなんて。抑えても抑えきれない「ズレ」の中にこそ「個性」というものがあるのだ。「私」というものが存在するのだ。ズレてたって大丈夫。浮いてたってOK。同病人、いや、同志は必ずいる。あちこちに潜伏している。正直に接しさえすれば――。

というう思いをこめて、タイトルは「ズレてる、私!?」にしました。笑って読んでね。

著者

平成の終わりに。感謝をこめて。

《著者紹介》
中野　翠（なかの・みどり）
早稲田大学政治経済学部卒業後、出版社勤務などを経て文筆業に。1985年より『サンデー毎日』誌上で連載コラムの執筆を開始、現在に至る。著書に『TOKYO海月通信』『小津ごのみ』『この世は落語』『いちまき　ある家老の娘の物語』『あのころ、早稲田で』など多数。

ズレてる、私（わたし）!?　平成最終通信（へいせいさいしゅうつうしん）

2018年12月1日　印刷
2018年12月15日　発行

著者――中野（なかの）　翠（みどり）
発行人―黒川昭良
発行所―毎日新聞出版
〒102-0074…東京都千代田区九段南1-6-17
千代田会館5階
営業本部―03(6265)6941
図書第一編集部―03(6265)6745
印刷／製本―中央精版
ISBN 978-4-620-32560-6